小学館文庫

白天狗の贄嫁

重なる心は明日を救う

朝比奈希夜

小学館

新しい一歩

高尾《たかお》の山にもさわやかな秋がやってきた。

白天狗《しろてんぐ》、左京《さきょう》の屋敷の庭には、ナナカマドが赤い実を実らせている。のこぎりの歯のように尖《とが》った葉も赤く染まっており、紫乃《しの》はそこを通るたびにふと足を止めてその美しさを堪能する毎日だ。

群馬《ぐんま》の村で過ごしていた頃、思うように農作物が収穫できず、腹を空《す》かせた弟たちのためにこの実を食べられないかと口に含んだことがあるが、あまりの苦さにすぐに吐き出した。

真冬にヒヨドリがついばむ様子を見ていたので当然食べられると思っていたのだが、とても食せる代物ではなく、肩を落とした覚えがある。

左京の屋敷に住む、あやかしの年齢で言えば五つの座敷童《ざしきわらし》の手鞠《てまり》と、ひとつ年下の妖狐《ようこ》、蘭丸《らんまる》が、落ちている実を拾っては集めて〝お店屋さん〟を開いている。紫乃は、通貨の代わりの小石を持って買いに行くのが楽しみだ。

「いらっしゃいませ」

ふたりは大きめの岩の上に赤い実を並べて、店番をしている。

紫乃が寄っていくと、声をかけてきたおかっぱ頭の手鞠は、物言いは落ち着いているが、顔はほころんでいる。言動が大人びている彼女だけれど、年相応の遊びに夢中になる姿がかわいらしくて、ほっこりした。

「お店屋さん、赤い実をくださいな」

紫乃が小石を渡すと、栗毛《くりげ》の蘭丸がにっと笑う。

「ありがとうございます！　おまけしておきます」

紫乃が両手を差し出すと、こぼれ落ちそうなほどの実を満面の笑みで売ってくれた蘭丸は、近くの山にある市が大好きで、そこで商売の仕方を覚えたようだ。

「こんなにいっぱい、ありがとう。お団子屋さんも、お団子ができたみたいだけど……」

「食べる！」

紫乃のおやつのお誘いに目を輝かせる蘭丸は、赤い実をその場に放り出して屋敷へと駆けだした。手鞠も蘭丸に少し遅れてついていく。

「お店屋さん……」

そのとき、玄関から左京の侍従で火の鳥の颯《はやて》が出てきて声をかけたが、ふたりは彼には目もくれず屋敷に駆け込んでいく。完全に聞き流されているのがおかしい。

「今日は閉店ですか？」

颯に尋ねられて紫乃はうなずく。遊びに付き合おうとしたのに、振られてしまったようだ。

「せっかくですけど、すみません。お団子屋さんが開店しまして」

「それはすぐに行かないと」

市の団子屋でじゃがいもを使った団子の作り方を教えてもらってからよく作るようになり、皆の大好物となった。子供たちだけでなく颯も、そして左京も、楽しみにしてくれているのだ。

紫乃が台所に行くと、手鞠と蘭丸はすでに手を洗い、団子をじっと見つめていた。

「そんなに見てると穴が開いちゃいそうね」

「お団子、虫食いになっちゃうの？」

紫乃の言葉に慌ててふためき目をそらした蘭丸が、思いきり眉をひそめている。彼は食いしん坊なのだ。

「比喩よ。本当に穴が開いたりはしないわ」

冷静に答える手鞠は、どこかあきれているものの視線を団子から外さない。

「茶の間に運ぶわね。左京さまを呼んできて」

紫乃がお茶に手を伸ばしながら頼んだのに、ふたりは団子の前から動かない。

「颯さまが呼んできてよ」

ちょうど台所に顔を出した颯に蘭丸が言う。

「は？」

颯は怪訝《けげん》な声を出した。

「颯さま、左京さまと仲良しだもん」

蘭丸が付け足した理由がおかしい。左京と颯は主と侍従の関係であり仲良しとは少し違うのだけれど、よくふたりで話をしているのは事実なので、彼の目にはそう映るのだろう。

「仲良しか……」

颯はおかしかったのか、肩を震わせて笑っている。

「うーん。それじゃあ、私が呼んでくるね。お団子、落とさないように運べるかしら？」

「紫乃さまも左京さまと仲良し」

「えっ……」

団子を盛った皿に早速手を伸ばした蘭丸がぼそりとつぶやくので、面映《おもは》ゆい。

左京の心の中に自分がいると知ってから、意識しすぎてしまいぎこちなくなるときまであるありさまなのだ。誰かにこんなふうに好意を寄せたのは初めてで、どうしていいのかわからないというのが正しい。

「そうだな。おふたりはずっと仲良しだ」

颯までそう言いながら紫乃を見て微笑《ほほえ》むので、恥ずかしさのあまりいたたまれなくなり、台所をあとにした。

「左京さま」

「入りなさい」

左京の部屋まで行き廊下から声をかけると、すぐに返事があった。紫乃は正座し、障子を開ける。すると部屋の片隅に置かれている机に向かって書物を手にしていた左京が紫乃に視線を移した。

「お邪魔でしたか」

「入室を許可したはずだ。来なさい」

左京の語気が強くて、没頭していたのに邪魔をしてしまったのではないかと緊張が走る。

しかし直後、左京が〝しまった〟というような顔をしたので、紫乃の頬は緩んだ。

左京は少々不器用で、物言いが冷たく感じられることもあるが、ひとりで過ごした時間が長くて触れ合いに慣れないだけ。今も怒っているわけではなく、単に事実を口にしただけだろう。

「いや、そうではない。来てくれてうれしい。……あっ」

左京は視線を宙に泳がせて口を押さえた。

酔いが回っているときはあれほど甘い言葉をささやくくせして、うれしいというひと言を口にしただけで照れているらしい。耳がかすかに赤くなっている。

左京は、頼もしくもありとびきり優しくもある、紫乃の自慢の旦那さまだ。

紫乃は左京の赤い耳は見なかったことにして、部屋に足を踏み入れて障子を閉める。

そして左京の隣まで歩み寄って正座をすると、彼は書物を閉じた。

「なにをお読みになっていらっしゃるのですか？」

あやかしの世にも、過去の出来事を記した歴史書のようなものがあると聞いた。紫乃が陰陽師、竹野内《たけのうち》に毒を盛られたとき、解毒する方法を左京が書物で調べてくれたとも聞いている。

「天狗一族の昔について、少し調べていただけだ。私は幼い頃に天狗が多く住む筑波《つくば》山《さん》から出てしまったため、よく知らないのだ。これまでは、知りたくもなかったが……」

左京はそこで言葉を濁し、紫乃の頬にそっと触れてくる。

いまだ言葉の使い方をしばしば間違う左京だが、心が通い合ってから時折こうして触れてくるので、そのたびに心臓が大きく跳ねる。

「紫乃が過去と向き合っているのに、私だけ逃げているのも情けないと思ったのだ」

「左京さま……」

紫乃は左京の手に自分の手を重ねた。

貧しい村のただの娘だと思っていた自分が、あやかしを魅了する力を持つ斎賀《さいが》一族の末裔《まつえい》だと知り、悩みに悩んだ。

人間とあやかしの仲を取り持つという、斎賀の先祖が担ってきた役割の大きさにおののき、あやかしを言葉ひとつで従わせられる〝魅了〟の能力の責任の重さに腰が引け……。考えれば考えるほど、目が潤んでしまう毎日だった。

けれど、苦しい胸の内を洗いざらい吐き出しても、あきれることも叱ることもなく寄り添ってくれた左京のおかげで、今日の幸せがある。『紫乃が作る明日を一緒に見たい』という、彼が以前くれた言葉にどれだけ救われたか。

「おつらいときは、私がおります」

なんて、助けられてばかりの自分が言う言葉ではないかもしれない。しかし、左京とともに生きていくと決めたのだ。互いに支え合える関係になれたら素敵だ。

「ありがとう、紫乃。心強い」

左京は紫乃をまっすぐに見つめ、熱い眼差《まなざ》しを注ぐ。その強い視線に縛られて動けなくなり、ただただ呼吸を繰り返していると、左京が顔を傾けて近づいてきた。その動作になんの意味があるのか知っている紫乃は、そっと目を閉じる。

左京の吐息が紫乃の唇にかかったそのとき――。

「左京さまぁ、まだですか？」

蘭丸の大きな声が響いてきて、慌てて離れた。

パタパタというかわいらしい足音が聞こえたと思ったら、蘭丸が遠慮なしに障子を開ける。

「蘭丸。お声をかけてから障子を開けなさいと何度言ったらわかるの？」

蘭丸のうしろから続いて顔を出した手鞠が、まるで母のように釘《くぎ》をさす。

彼女も気分が上がっているときは、声かけなしに障子を開けることもあるのだけれど、野暮な指摘はしないでおいた。いつも大人な彼女の子供らしい一面でもあるので、そのままでいてほしい。

「ごめんなさーい」

えへへ、とかわいらしく笑う蘭丸は、一応反省はしているけれどすぐに忘れる。そういうところが実に彼らしい。

「左京さま。紫乃さまがお団子を作ってくださいました」

両手を腹の前で合わせて礼儀正しく言う手鞠だが、早く食べたくてうずうずしているのだろう。すでにつま先が茶の間に向いている。彼女が一番団子好きなのだ。

「待たせて悪かった」

ふたりの落ち着きのなさに気づいた左京は、きちんと謝ってから腰を上げる。すると子供たちふたりは、待ちきれんとばかりに茶の間のほうへと駆けていった。

その姿に心なごまされた紫乃が左京を見上げると、彼も頬を緩めている。

この屋敷に来たばかりの頃には見られなかった優しい表情に、紫乃はまた癒やされた。

「ふたりでゆっくりとはいかないようだ」

「えっ？」

左京の言葉に首を傾《かし》げると、あっという間に唇が重なる。目を閉じる隙すらなくて、離れていく左京をまじまじと見つめてしまう。

「足りないか？」

「い、いえっ！」

左京のとんでもない発言にしどろもどろになりながら答えると、彼は小さな笑みをこぼす。

「頬が赤いが」

「それは左京さまが！」

「お団子食べますよー」

恥ずかしさのあまり紫乃が両手で頬を押さえると、蘭丸の声が聞こえてきた。

色なき風がどこからか金木犀《きんもくせい》の甘い香りを運んできた心地よい翌日。紫乃は左京とともに市のある近くの山へと赴いた。畑の様子を見に来たのだ。

「左京さまと斎賀さまだ！」

紫乃が左京とともに、あやかしを一網打尽にしようともくろんでいた陰陽師、阿久《あく》津《つ》にとらわれた猫又を救ってから、あやかしたちの紫乃への思慕がますます募っているようだ。皆、好意的に迎えてくれるため、紫乃の顔もほころんだ。

「皆さん、おはようございます」

紫乃が挨拶をすると、「おはようございます！」と元気のいい声が山に響いた。以前はけんかも絶えなかったが、今は皆が協力して畑を守っており、声が明るい。

「斎賀さま、見てください」

朝一番に収穫したのだろう。若い男性のあやかしに立派なかぼちゃを差し出されて受け取ると、ずっしり重くてよろけてしまう。すかさず左京が紫乃の腰を抱き支えてくれるので、少々照れくさい。

「重い……」

うっかり本音を漏らすと、左京が軽々とそれを受け取った。

「こんなに立派なかぼちゃ、初めて見たわ。皆さんが頑張って育てた成果ね」

紫乃が皆を褒めたたえると、一様に自慢げな顔しているので紫乃もつい笑顔になる。

紫乃が初めてここに来たときには見えなかった顔だ。

それにしてもここは、標高が高いせいで気温は低めだが日当たりはよく、紫乃が暮らしていた群馬の農村より作物がよく育つ。

――元気にしているかしら？

ふと、自分を育ててくれた中村《なかむら》の家族に思いを馳《は》せた。

「ねえ、このかぼちゃ、どなたか煮物にしてくれないかしら？　畑仕事が終わったら皆で食べましょう」

紫乃が提案すると、その場にいたあやかしたちが笑顔を見せる。

あやかしと人間の架け橋となるべき運命を背負った斎賀家の末裔として、彼らのこうした姿が見られるのはうれしいものだ。

あやかしも人間も、この先ずっと笑って暮らせたらいいのに……。

「煮物はお任せください」

女性三人が申し出てくれたため、大きなかぼちゃを託して畑へと向かった。

颯に抱いて連れてきてもらった手鞠と蘭丸も、畑仕事をすっかり気に入っていて楽しんでいるようだ。

彼らの周りには、いつの間にか仲良くなった同じ歳《とし》くらいのあやかしの子たちがいる。手伝いというよりは泥遊びをしている気がしなくもないが、楽しそうでなによりだ。

紫乃が高尾山に来るまで、ほかのあやかしの子たちとの交流がほとんどなかったという手鞠と蘭丸に友ができて、紫乃も安心している。いくら左京や颯が大切に育てても、同じ年頃の仲間からしか得られないものがあるように思うからだ。

紫乃が育った中村家には、茂《しげる》と清《きよし》というふたりの弟がいるが、取っ組み合いのけんかになることもしばしばだった。そのたびに父や母から雷を落とされたし、紫乃は姉の時子《ときこ》と一緒にあきれてはいたけれど、成長するにつれ言葉で解決するようになった。それも、叩《たた》かれると痛いという経験をしたからであり、互いを思いやることを覚えたからだろう。

相手が大人であれば、融通を利かせてもらえる。ときには思い通りにいかず悔しい思いをすることも必要だ。

きっとあやかしも人間も、そうした経験を積み成長していくものだと思うから。

そう考えると、手鞠と蘭丸にこうした友がいるのは、とても喜ばしい。

「さあて、今日はなにをしましょうか」

「さつまいもがたくさん育っています。いも掘りをしましょう」

どこからか声がかかり、紫乃はうなずいた。

子供たちは何人も連なり、つるに手をかけて渾身《こんしん》の力を振り絞る。

「わあっ」

一斉にひっくり返ったため紫乃が慌てて駆け寄ると、丸々と太く艶のよいさつまいもが五本も掘れていた。

「大丈夫？」

「紫乃さま、おいも！」

いつもは控えめな手鞠が、真っ先に声をあげる。尻餅をついたせいで汚れた着物も気にせず、白い歯を見せる彼女が生き生きとしていて、紫乃はとてもうれしかった。

「いっぱいとれたね。なににして食べようか」

「ご飯がいいです！」

さつまいもの入ったご飯が大好物の手鞠が目尻を下げる。

「そうね」

「紫乃さま、おいもこのまま食べられる？」

泥を落としたさつまいもに、今にもかぶりつかんばかりの蘭丸に噴き出してしまった。

「蘭丸。いもは紫乃に調理してもらわねば無理だ」

左京が隣にやってきて、蘭丸の頭を優しく撫《な》でた。

「虫さんは食べてるのに……」

蘭丸はコガネムシが穴をあけたさつまいもを見つめて、しょげている。

誰でも最初はなにも知らない。生のさつまいもを食べられる虫がいることも、仲間と苦楽をともにすると、気持ちが重なり合うことも。

「いっぱい掘ったら、いっぱい食べられるわよ」

「頑張る！」

意気消沈気味の蘭丸だったが、紫乃の声かけに再び目を輝かせ始めた。

多くのあやかしたちが畑仕事に精を出すようになったおかげで、以前のように野菜の量が足りなくなることはない。そのため当然取り合いも起こらず、とても平和だ。

ひもじいと気持ちが荒《すさ》む。群馬でも干ばつの年は皆ギスギスしていて、子供だけでなく大人もよくけんかをしていた。食べられるということは、人間だけでなくあやかしたちにとってもまた大切なことなのだと改めて感じる。

「畑、頑張ってよかった……」

畑仕事で疲れているだろうに、ここに初めて訪れたときのように、皆の表情は曇っていない。大変な作業なのに収穫を楽しんでいるかのようで、紫乃の心も弾む。

「紫乃のおかげだ。これまでは努力したあとに成果がないと、途端にすべてを投げ出していた。だが、ひとりでは難しくても知恵を出し合うとうまくいくことを覚えたし、失敗しても励まし合えるようになった」

左京は冷静にあやかしたちの心を読む。その通りだと思った紫乃はうなずいた。

「畑仕事は天候に左右されますから、どれだけ頑張っても収穫できないことなんてごまんとあるんです。そんなときは心が折れます」

紫乃は群馬での生活を思い出しながら話す。

「でも、種まきをやめたら、二度と野菜は口にできません。きっとあやかしと人間との間にある信頼も同じ。最初は意思の疎通がうまくいかなくても、そこで対話をあきらめたら信頼は生まれません」

あやかしを壊滅させて天下を取りたい陰陽師、阿久津一族と、人間をも支配したい黒天狗の法印《ほういん》。彼らの存在があやかしと人間の心を分断した。

手鞠と幼なじみの正治《まさはる》がなんのわだかまりもなく、いや本当の兄妹以上に絆《きずな》を深めていたというのに、語り合う機会をなくし……接触することすらままならない状態になった。

けれど、何度でも互いを知る機会を設け、粘り強く接触し続けていれば、いつか両者の壁がなくなるのではないかと紫乃は思う。

「なるほど。種まきか……」

左京は子供たちに視線を向けながら、小さくうなずいた。

楽しそうに手伝いをしていた子供たちもしばらくすると飽きたようで、追いかけっこをして遊び始めた。

ところが、いものつるに足を引っかけた男の子が派手に転んでしまい、わんわんと声をあげて泣き始める。紫乃は慌てて彼に駆け寄った。

「痛いわよね。すぐに治してあげるからね」

膝や顔を擦りむき涙が止まらない彼を励ましながら、左京にきれいな水を用意してもらった。泥を落とさなければと洗い流したもののしみたようで、いっそう泣き声が大きくなる。

「頑張れぇ」

紫乃のうしろから声をかけるのは、自分のことのように顔をゆがめる蘭丸だ。手鞠は黙ったままだったが、心配げにじっと見ていた。

泥が取れたところで、紫乃は傷に手をかざして念じ始める。

「治って。お願い、私に力を貸して」

もう何度もこうして傷を癒やしてきた紫乃だったが、いまだその力をどうやって発動するのかわかっていない。いつもこうして念じるだけだ。

斎賀の母が生きていたら、もっとうまく力を扱えたのだろうか。

そんな考えが頭をよぎるものの、どうにもならないことを悔いていてもなにも始まらない。

そう考えられるようになったのは、常に左京が隣で励ましてくれるからだ。

男の子の泣き声が小さくなったので手を離すと、先ほどまで血が滲《にじ》んでいた傷がきれいになっていた。

「よくやった」

左京がすかさず褒めてくれる。

「もう大丈夫よ。いものつるは危ないから、違うところで遊ぼうか」

紫乃はそう提案したけれど、そうなると畑仕事にいそしむ大人たちの視界に入れておけない。今のようにけがをすることもあるだろうし、すぐに対処できないのは少し心配だ。

「誰か見ていてくれる大人がいると助かるのにな……」

そうつぶやいたときに、思い出した。斎賀の先祖が、どこかの山の中腹で親を失ったあやかしの子を集めて育てていたことを。

「左京さま！」

「どうした？」

突然大声を出したからか、左京が目を丸くしている。

「この街に使っていない家屋はないでしょうか？　子供たちを集めて面倒を見たらいかがでしょう。託児所を作るのです。そうすれば安心して仕事に励めます」

手が空いている大人に頼んで子供たちを見ていてもらえれば、畑仕事の効率も上がるはずだ。

子供たちの面倒を見てくれたあやかしには、畑でできた作物を報酬にしたりするなど、いくらでもやりようがある。

それに、今はあちこちに散らばって手伝いをしたり遊んだりしている子供たちをひとところに集めれば、幼い頃から強いつながりができる。以前のような自分さえよければという利己的な考えを持つあやかしが減るような気がするのだ。

紫乃が興奮気味に言うと、左京はかすかに口角を上げる。

「さすがは紫乃だ。私は夫でいられて鼻が高い」

「それは言いすぎです」

とっさの思いつきを口に出しただけなのに。なにかを始めるときは、もっと慎重になったほうがよいのかもしれない。

紫乃がそんなふうに思っていると、左京は近くにいたあやかしと話を始めた。

「紫乃。空いている家屋があるそうだ。そこを使おう」

左京のほうがやる気になっていて少し焦る。

「あ、あの……本当にできるかどうか……」

戸惑いを正直に打ち明けると、左京は紫乃の両肩に手を置き、まっすぐに見つめてくる。

「やってみなければ、どう転ぶかわかるまい。間違えたら改めればよいのだ。紫乃がこの街にもたらした変化は、確実に未来をよいほうに変えた。それも思いきって一歩を踏み出したからではないのか？」

「左京さま……。はい、そうですね」

紫乃が笑顔で返事をすると、左京は満足そうにうなずいた。最近の彼の表情は、以前とは比べ物にならないほど柔らかい。

あやかしたちを惹《ひ》きつける魅了の力で、彼らを無理やり支配してしまうのではないかという思いがいまだ拭えず、ことあるごとに迷いが生じる。しかし、左京がそう言ってくれるなら思うがままに進んでみたい。

「颯」

左京は近くでいも掘りを手伝っていた颯に声をかけた。

「どうされましたか？」

彼は泥のついた顔で、優しく微笑む。

彼もここで一緒になって働くようになってから、とてもよい顔で笑うようになった。もともと明るくはあったが、彼も以前仕えていた法印にひどい仕打ちを受けているからか、ふとした瞬間に表情がこわばることがあった。でも、最近は見ない。少しずつ心の傷が癒えていればいいのだけれど……。

「紫乃の発案で、子供たちを集めて預かる場所を作る。街の者と相談して、子供たちの面倒を見られそうな者の確保をしてほしい。その者たちには、なんらかの報酬が渡せるようにしたい」

左京に命じられた颯の表情が、なぜかぱあっと明るくなる。

「それは……ありがたいことです。すぐに手配いたします」

颯は泥まみれのまま畑を飛び出していった。

「あんなに慌てて。どうしたのでしょう？」

颯の慌てぶりに驚いた紫乃がつぶやくと、颯のうしろ姿を見つめていた左京が口を開く。

「法印が治めるようになってからの筑波山が、ひどいありさまだったのだ。親を亡くした子は食うに食えず、法印の手下となって働くか、どこかのあやかしに拾われて、奴隷のように働き続けるか……。それならまだいい。そうしたこともできない女や幼い子は死んでいった」

「そんな……」

残酷な現実に、紫乃の背筋に冷たいものが走る。

「颯もそのうちのひとりだった」

「颯さんが……？」

だから法印の手下として働いていたのだと、合点がいった。

「颯は賢く、法印のやり方には最初から反発していた。しかしそれをあからさまに口にしては殺される。だから法印の近くにあえてとどまり、法印の暴走をなんとか止めようとしていたのだ。しかし法印は薄々気づいていたのだろう。気に入らないあやかしを殺《あや》めよという下命に背いた颯に羽根を放って笑っていたそうだが、おそらくそれが最後通告だった」

「それって……」

紫乃は震えそうになる自分の体を抱きしめた。

「これ以上裏切れば、お前が命を落とすことになるぞという」

左京は傷のある胸に手を置いて、苦しげに語る。

「ひどすぎます」

「そうだな。颯が頭脳明晰《ずのうめいせき》で、法印にすら一目置かれていたから命が助かった。使えない臣下であれば、とっくに命を落としていただろう。颯はほかのあやかしたちを守りたいと奮闘していたが、完全に心が折れて命からがら筑波山を出たのだ」

颯はまさに命がけで、ほかのあやかしを守ろうとしたのだろう。利己的だというあやかしの中では優しすぎる稀有《けう》な存在だ。

「あの頃のことを思い出したのではないか？　颯にもそうして守ってくれる場所があれば、法印の下で苦しむ必要もなかっただろうから」

颯の壮絶な生きざまに、視界が滲む。颯が親を亡くした頃に斎賀の手が届いていれば……と残念ではあるけれど、あやかしたちすべてを救うのは到底無理な話。それに、陰陽師や法印らとも対峙《たいじ》しなければならず、余裕などまったくなかったはずだ。

「私も子供たちを救えるでしょうか」

「紫乃が踏み出した一歩は、必ずあやかしたちの幸せにつながる。しかし……」

左京はいきなり紫乃の腕を引き、距離を縮める。

紫乃は左京の碧《あお》い瞳に自分が映っているのが、面映ゆくてたまらない。

「さ、左京さま？」

「なにか大きなことを成し遂げようと思うな」

左京のどこか尖った言葉に、背筋が伸びる。

まだ自分の能力すらまともに把握できていないのに、皆を救えるなんてきっとおこがましい。皆が慕ってくれるからと思いあがりすぎだ。

紫乃が反省して目を伏せると「違うな」という左京の焦る声が聞こえてきたので、顔を上げた。

「私は紫乃を苦しめたくはないのだ。斎賀一族としての責を果たさなければと焦る紫乃の気持ちはわかるが、なにかをせねばと思う必要はない。やりたいと思ったことをすればよい。先ほど、私に使っていない家屋はないかと尋ねたときのように」

左京の正直な胸の内に、紫乃は安堵《あんど》した。いつまで経《た》っても物言いがうまくならない不器用な左京に時折どきりとさせられるけれど、いつだって彼は自分のことを一番に考えてくれる。

そもそも左京は、紫乃の胸の内などすべてお見通しなのだ。思いつきで子供たちを預かれる場所があればと声をあげたものの、斎賀の血を引く人間として失敗は許されないと尻込みしそうになったことまですべて理解してくれている。

こんな理解者が夫だなんて、なんて贅沢《ぜいたく》なのだろう。

「ありがとうございます」

「それに紫乃」

左京は紫乃の目をまっすぐに見つめて言葉を紡ぐ。

「……はい」

「紫乃は斎賀一族の末裔である前に、私の妻なのだ。私が紫乃を幸せにする。不安なことも困ったことも、すべて私に打ち明けなさい」

力強い言葉をもらい、紫乃の不安はたちまち吹き飛ぶ。

「そうします」

「ああ。ところで紫乃」

真剣だった左京の口調が少し柔らかく変化したので首を傾げる。

「私は少々不安だ」

「な、なんでしょう？　なんでもおっしゃってください」

左京の思わぬ告白に焦り、彼の腕をつかんで訴える。自分のことばかりで左京の悩みに気づけなかったと反省した。

「ここに来るたびにもやもやするのだ。紫乃はたちまちほかのあやかしたちに囲まれて、私は途端に遠い存在になった気がしてしまう」

「えっ？」

「度量が狭いのは自覚している。だが、紫乃は私のものだ」

彼は先ほどのように言葉が足らず、紫乃をはらはらさせることもある。

しかし心を通わせてからは、紫乃への愛だけはあからさまにささやくようになった。それがうれしいのと同時に気恥ずかしいのだけれど、左京は平然としている。彼はもしや、とんでもない愛の告白をしていることに気づいていないのではないだろうか。

「あ、ありがとうございます？」

お礼を口にしたものの、その返事が正しいのかどうかわからなくなり疑問形になってしまう。

するとと左京はおかしそうに目を細めた。

紫乃が高尾山にやってきて一番変わったのは、左京かもしれない。出会ったばかりの頃の彼は無表情で、酒が入っていなければなにを考えているのかまったくわからなかったからだ。

喜怒哀楽を表に出すようになった左京のほうが、紫乃は好きだ。

「さて。もう少し掘ったら、今日は終わりにしよう」

「はい」

紫乃がうなずくと、左京は頬を緩めた。


紫乃が市のある山に向かえない日も、颯がせっせと通い、子供たちを預かる空き家の修繕にいそしんでくれる。まるで水を得た魚のように生き生きと働く颯を見て、自分の提案は間違っていなかったと安堵した。

まだ幼い頃に親を亡くせば、人間も途端に窮地に追い込まれるだろう。親戚の家に身を寄せる事例を耳にしたことがあるけれど、奴隷とまではいかずとも実子の扱いとは雲泥の差で、つらい思いをして生きていかなければならないとも聞いた。

その点、紫乃は中村家に預けられて、とても恵まれていた。中村家が斎賀家の侍従であったという特殊な事情はあれど、両親はもとより、姉の時子も身を挺《てい》して紫乃を守ってくれたし、弟たちも姉と慕ってくれた。食うに困りはしたが、さもしい言葉を向けられることは一度もなかったし、笑って暮らせた。

幼少の頃に心を育てるのは大切ではないのかと、紫乃は最近感じている。

苦しくてつらいことばかりでは悲観的になるしかなく、幸福に満ちあふれた顔をしている者をうらやましいと思う一方で、憎いと感じてもおかしくはない。嫉妬というものは、ときに人を壊してしまうものだから。憎しみを募らせれば、そのうち相手を傷つけてしまう可能性だってある。

そんな事態に陥らないようにするためにも、できる限り子供たちの小さな胸から苦しみを取り除いてやりたい。

「紫乃さま！」

玄関から颯の弾んだ声が聞こえてくる。

「台所ですよ」

手鞠と蘭丸と一緒に蒸《ふ》かしいもを作っていた紫乃は、廊下に顔を出して叫んだ。火がついているため、離れられないのだ。するとドタバタと音を立てながら颯が駆け込んできた。

「なにごとだ」

颯の声に気づいた左京も顔を出す。

「はい。託児所の準備が整いました。手始めに今日は、子供たちを集めて蒸かしいもを配って――」

「おいも、一緒だ！」

蘭丸が目を輝かせる。

「そうね。ふたりも今度、友達と一緒に食べましょうね」

「はい！」

目を大きく見開いてあからさまに喜ぶ蘭丸は、あの山に気の合う友ができたようだ。かすかに口角を上げる手鞠は、自分より幼い子の面倒を見るのが楽しいらしい。

「颯さん、いろいろありがとうございました」

結局紫乃は案を出しただけで、ほとんど颯がやってくれた。

「とんでもない。私にとっても心躍る時間でした」

それは顔を見ていればわかる。

紫乃が左京と目を合わせると、左京はまるでこれでよいと言っているかのように、優しい表情でうなずいた。

その夜。左京は猪口《ちょこ》を傾けながら窓から空を眺めていた。待宵《まつよい》の月が昇る空は明るく、左京の美しい銀の髪と碧い目をいっそう輝かせている。

心を通わせてから、左京は紫乃の部屋で眠るようになった。ここから眺める月が好きだという理由だったが、左京は月を愛《め》でるより紫乃に触れて満足そうにしている。窓際であぐらをかいた左京の膝の上は、紫乃の定位置となった。

「今宵《こよい》も美しいな」

紫乃の腹に手を回し密着する左京は、甘いため息交じりの言葉を発する。照れくさくてたまらない紫乃は、酔いの回った左京より耳が赤い自信があった。

「は、はい。月を見ていると心穏やかになれます」

本当は左京の腕の中にいると、ではあるけれど、恥ずかしくて口には出せない。

「美しいのは、紫乃のことだが」

「えっ……？」

左京は紫乃の顎に手を添え、自分のほうに向かせる。至近距離で交わる視線が紫乃の鼓動を速めた。

「お前はあの月より美しい。なにせ、私をこれほど夢中にさせるのだから」

蜜のように甘い言葉を口にした左京は、紫乃を引き寄せて唇を重ねた。

しばらくして離れた彼は、うっとりしたような目で紫乃を見つめ、額に額をあててくる。酒の香りが漂う左京の吐息が紫乃の鼻をくすぐり、それだけで酔ってしまいそうだ。いや、左京の愛に溺れそうなのかもしれない。

「紫乃」

「はい」

「離さぬぞ」

「……はい。離れません」

紫乃は自分から左京の広い胸に飛び込んだ。すると彼は強く抱きしめてくれる。

天狗の妻となり生涯をともにする運命が待ち構えているなんて、誰が想像しただろう。しかし紫乃は今、とても幸せだ。

「いつか、紫乃との間にできた子が、手鞠や蘭丸のように元気に駆けまわる姿を見たい」

思わぬことを口にする左京に驚いた紫乃は、体を離して彼を見つめる。月明かりを浴びる左京が見たことがないような優しい表情をしていたので、紫乃の顔もほころんだ。

「そう、ですね」

想《おも》いを通わせてから何度も甘い口づけはしたが、体は交えていない。同じ部屋で寝起きするようになってから、左京は決まって紫乃を抱きしめて目を閉じるが、それ以上は求めてこなかった。

「あやかしと人間の間に、子はできるのでしょうか？」

ひょっとしたら無理なのではないかと思い尋ねる。なにせ天狗と人間の間に生まれた子など出会ったこともないからだ。

「それは私もわからない。あやかしも普通は、同じ種族の者同士が婚姻関係を結ぶ。天狗は天狗とだ」

そうだったのか。たしかに、市のある山でも同じ種族同士の両親ばかりだ。

それでは、あやかしと人間という結びつきは、とんでもなく珍しく過去に例がないのかもしれない。

「もし私たちの子が半妖として生まれたら、どんな能力を秘めているのだろうな」

左京はなにげなく語るが、あやかしたちにとって脅威となるような子になる可能性もある。

なにせ斎賀の力を持って生まれれば、あやかしを魅了の力で引き寄せられる。それに加えてすさまじく強大な力を誇る天狗の能力を持てば、怖いものなしだ。それこそ、人間もあやかしも支配できるだろう。

だからこそ、単に欲しいからといってもうけるのではなく慎重になるべきかもしれない。半妖として生まれた子が、人間を含んだこの世の勢力図をあっさり塗り替えるかもしれないからだ。

左京とふたりで生きていきたいという強い気持ちだけでここまで走ってきた紫乃に、

そんな可能性があるとは考えもしなかった。

「怖い、ですね……」

正直に伝えると、左京は紫乃の長い髪を優しく撫でだした。

「そうだな。怖いのかもしれない。しかし逆に考えれば、あやかしにとっても人間にとっても希望となる」

「希望？」

左京の目を見つめると、額に唇を押しつけられた。

「私たち双方の力を持ち合わせて生まれた子が、法印のように傍若無人に振る舞えば、絶望しかない。だが、紫乃のように清い心で皆の幸せを願えるような子に育てば、このうえなく平穏な日常を保てるだろう」

「私はなにも……」

左京は清い心と褒めてくれるが、必ずしも正しい道を進める自信はない。そんなに強くないのだ。

「もっと自信を持ちなさい。ほかのあやかしたちが紫乃を慕うのは、魅了の力があるからだけではないと話したはずだ。それに私も……」

左京は紫乃を抱き寄せて、頬に少し冷えた頬を押しつける。

「魅了の力が及ばぬ私も、これほど惹かれているのだぞ。いつか紫乃に自信がついたらそのときは……」

「あっ……」

左京は紫乃の浴衣の襟をグイッと開き、あらわになった鎖骨あたりに唇を押しつけ花を散らした。

恥ずかしさのあまり火照る体が、月明かりに照れされてますます恥ずかしい。赤く染まる体を隠すために左京に密着すると、しっかり抱き寄せてくれた。

左京が紫乃をこれ以上求めないのは、紫乃の覚悟が決まるのを待っているのだろう。左京自身は、おそらく信じているのだ。自分たちの子は、未来を切り開く存在になると。

それから紫乃は、左京の腕の中で目を閉じた。酒のせいでほんのり熱い左京の体は、少し冷えた紫乃の体にはちょうどよく、眠りに誘《いざな》う。

「紫乃。なにも心配はいらない。ゆっくり眠れ」

そんな左京の優しい声が聞こえてきたが、まぶたが重くて持ち上がらず、そのまま意識を手放した。

◇　◇　◇

市のある山では、子供たちの朗らかな笑い声が響いている。自慢の妻である紫乃発案の託児所がうまく回っているからだ。

これまでは遊んでほしくて仕事の邪魔をし、叱られていた子供たちが、仲間とともに走り回れるようになり、大人を困らせることはなくなった。その分大人たちは商売や畑仕事に精を出せるようになり、街が活気づいている。

子供たちの甲高い声はときにうるさいほどだが、皆の表情が明るくなってきた。

左京は、これほど短期間であやかしたちの気持ちを前向きにした妻を、誇らしく思っている。

紫乃は子供たちの輪に入り、遊びを教えるようになった。

颯が帝都で手に入れてきたというこまは人気が高く、こまを持つ紫乃の手元に注目する子供たちは固唾を呑《の》んで見守っていた。

「あー」

落胆の声が広がるのは、うまく回らなかったからだ。

群馬の村ではこま遊びなどしたことがないようで、紫乃も颯にやり方を教わり挑戦しているが、数回に一度しか回らない。

「ごめん、ごめん。難しいね、これ」

「貸してみなさい」

左京もこま遊びなどしたことがないものの、何度も見ていたらできる気がして口を挟んだ。

紫乃からこまを受け取った左京は、子供たちの期待を一身に浴びながら、思いきって投げた。

「すごーい」

すると勢いよく回り出し、割れんばかりの拍手が沸き起こる。

紫乃が高尾の山に来るまでは、誰かとかかわることが好きではなかった左京だが、子供たちの笑顔と感嘆の声に包まれて、幸せを感じていた。

「左京さま。一回でお決めになっては、私の立場が……」

紫乃は肩を落としながらも、くすくす笑っている。

「人間の遊びはなかなか面白いものだ」

「子供たちはすぐに上達しそうです」

紫乃が子供たちを見つめる目はとにかく優しい。

あからさまに声をあげて笑う姿をほとんど見せない手鞠も、同じ歳くらいの女児と顔を見合わせて白い歯を見せているし、蘭丸もいつもより饒舌《じょうぜつ》に友と語り合っている。

「あっ、あの子……」

紫乃がとある男児を見つけて駆け寄った。先日、畑でけがをした子だ。

「もうすっかりよくなってるね」

「うん！　ありがとう。でもお友達が……」

なにやら話をした紫乃は、その子とともに託児所を駆け出ていった。何事かと左京も追いかけると、一軒の家へと入っていく。

「斎賀さま！」

中から母親らしき声がして、左京ものぞいた。すると、真っ赤な顔をした女児が、夜具に横たわり、呼吸を乱している。どうやら病に侵されているようだ。

「よく頑張ったね。もう少しだよ」

そんな声をかけた紫乃は、まだ小さな手を握り目を閉じる。しばらくすると荒い呼吸が収まってきて、女児は眠りについた。

「きっとこれでよくなるはずです」

「もう三日三晩苦しんでいて……。このまま治らないのではないかと」

母が涙ぐみながら紫乃に頭を下げる。

「本当にありがとうございます。このご恩は生涯忘れません。なにかお礼を……」

「お礼なんていりません。お役に立てて私もうれしいのです。元気になったらこま遊びしようねとお伝えください。もう少し、そばにいてあげてください。それでは」

紫乃は笑顔でそう言ったあと、ようやく左京に気づいて近づいてきたので、ふたりで家屋を出た。

「左京さま」

「どうした？」

「……私、斎賀の血を引くことが重くてたまりませんでしたけど、やっぱりよかったと思います。こんなふうにけがや病を治せる力があるなんて、幸せなことですから」

隣をゆっくり歩きながらすがすがしい顔で言う紫乃は、やはり強い。

そうは言っても、斎賀の血を背負うからこそ苦しいことはこれからもあるはずだ。一番近くで支えになれたらと、左京は思う。

「そうだな。斎賀の財産だ。しかし何度も言うように――」

「気負う必要はない、ですよね」

左京の言葉を遮った紫乃は、柔らかな笑みを見せる。

「そうだ」

「左京さまにたくさん甘えます。それで、もうひとつ甘えたくて……」

「なんだ？」

左京が尋ねると、紫乃は自分の手を顔の前に掲げて話しだした。

「この傷や病を治せる力は、正直言って今でもどう使うのかよくわかっていません。でも、患者に触れて強く念じれば力が伝わるんだろうなと思います」

左京はうなずいた。

そうやって治療するのを目の前で見てきたからだ。

「どの程度の病まで治せるのかわかりませんが、やってみたいのです」

「なにをだ？」

左京が問うと、紫乃はくるりと向きを変えて左京の前で足を止めた。

「治療院をです」

「治療院？」

「はい。高尾山に、そうした場所をつくってはいけませんか？　人間にはお医者さまがいて病やけがを診てくださるのですが、あやかしにはいないので私がお医者さまの代わりをできないかと」

それは妙案だ。もしかしたらこれまでであれば命を落とすほどの病でも、治せる可能性もある。

しかし左京はすぐにうなずけなかった。

「……左京さま？」

賛成すると思っていたのだろう。紫乃は心配げな声を出す。

「紫乃の負担が大きすぎる。それに、この山にいるあやかしだけならまだしも、どんなあやかしがやってくるかわからないのは危険だ」

「それは……」

紫乃は肩を落として目を伏せるも、すぐに顔を上げる。

「これまで出会ったあやかしたちが皆親切で、私は少し油断しているのかもしれません。左京さまがおっしゃる通り、魅了の力がどこまで働くかはっきりとわかっていない今、うかつにたくさんのあやかしたちと触れ合うのは危険でしょう」

魅了の力は、それぞれのあやかしの能力によって、効きやすい者とそうでない者がいる。それに、治療に力を使っている間も同じように働くのかどうかわからない。紫乃もおそらくそれを理解しているはずだ。

「でも、助けられる命があるのに放っておくことはできません。……左京さま、甘えさせてください」

紫乃ははにかみながら言う。

「甘えるとは？」

「手鞠ちゃんや蘭丸くんとの日常も大切にしたいので、治療院を一日中やるつもりはありません。ですから、治療院を開いている間だけでいいのです。私を守っていただけませんか？」

紫乃がこんな懇願をするのは珍しい。素直に甘えられるのは、うれしいものだ。しかし……。

「断る」

「だめ、でしょうか」

残念そうにうなだれる紫乃の肩に、左京はそっと手を添えた。

「治療院を開く間だけではなく、いつなんどきも紫乃を守る。それが夫である私の役目だ」

「えっ？」

紫乃が目をぱちくりさせているのがおかしい。

「それでよければ、紫乃の願いを聞き届けよう」

「左京さま、ありがとうございます」

満面の笑みを浮かべた紫乃が思いきり胸に飛び込んできたので、受け止めた。

紫乃は左京に、表情が明るくなっただとか胸の内を話してくれるようになったと話すが、それは紫乃も同じ。こうして頼ってくれるようになり、左京は安心するとともにうれしく思っている。彼女の夫としてうまく立ち回れているのではないかと。

そもそも温かい家庭というものをよく知らない左京は、夫としての正しい振る舞いなどわからないのだ。

少し照れくさそうな顔をした紫乃が離れていくと、すぐ近くに団子屋の女将《おかみ》がいるのに気づいた。

「も、申し訳ありません。とんだお邪魔を」

「いえ、これは……」

途端に焦りだした紫乃が微笑ましい。

「夫婦なのだから構わないだろう」

「そ、そうですが……。あっ、子供たちのおやつですね！」

頬を真っ赤に染めた紫乃は、女将が持つ菓子に視線を送り、声を弾ませる。

「はい。おふたりもぜひご一緒に。今日は団子ではなく栗羊羹《くりようかん》にしたのですよ。託児所の子供たちが、栗の皮むきを手伝ってくれて……」

「お手伝いなんて素敵ね。子供たち、お待ちかねかしら？」

紫乃の笑顔をずっと見ていたい。

左京はそんなことを考えながら、ふたりとともに足を進めた。

幸せな未来のために

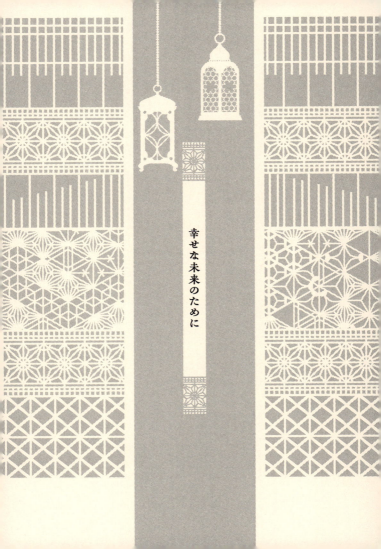

左京に頼み込んだ治療院は、左京の屋敷のすぐ近くにつくられた。

颯が中心になり、火の鳥の仲間の旭《あさひ》と、託児所をつくったときのあやかしたちと協力してあっという間に建ててくれたのだ。

あやかしは利己的で自分さえよければという気持ちが強いと聞いていたが、建築にかかわってくれた者たちは、いつか自分や家族にも治療が必要になるかもしれないからという理由だけで手伝ってくれた。

他者とのかかわり方をよく知らず自分本位なあやかしが多い一方で、こうした優しい心根の持ち主もいると知れたのは、紫乃にとっては大きな収穫だった。

人間だって、身勝手な者から聖人君子のような人までいろいろだ。色眼鏡で見ることなく、自分自身がかかわってみることが大切だと感じた。

あっという間に完成した治療院の玄関の戸を開けると、真新しい木の香りが漂ってくる。

紫乃が治療を施すために使う六畳の部屋と、障子を隔てて病の者が休むために使う三畳ほどの部屋だけの小ぢんまりとした建物ではあるが、十分すぎるほど立派でありがたい限り。

特に颯には、託児所に続き大変な重労働をさせているけれど、生き生きしている。

左京曰《いわ》く、颯はあやかしの世が平穏に向かっているのがうれしくてたまらないのだとか。荒くれ者の法印の下にいた頃は自分が望む未来が見えず、ずっと鬱々《うつうつ》としていたのかもしれない。

「わあ、お家！」

完成した治療院を覗《のぞ》いて無邪気に拍手するのは蘭丸だ。一方手鞠は「なかなか素敵ですね」と大人びた発言をしている。

左京もやってきて、念入りにあちこち調べていた。彼は颯に、頑丈なつくりにするようにと指示を出していたのだ。それも、紫乃を不測の事態から守るためだろう。

「わがままを聞いていただき、本当にありがとうございました」

紫乃は建築にかかわってくれたあやかしたちの前で首を垂《こうべ》れる。

「とんでもない。我々あやかしにとって、治療院があるというのはどれだけ心強いことか。ですが、くれぐれも無理をされませんよう」

颯が言うと、旭は神妙な面持ちでうなずいている。

紫乃は旭のけがをたまたま治せたことで、自分に不思議な力が宿っていることを知ったが、旭はあれから紫乃を命の恩人だと思っているようだ。

「はい。左京さまが許してくださいませんし」

紫乃がそう答えると、颯はくすくす笑っていた。

左京の有能な右腕の颯が、法印にも重用されていたのはうなずける。てきぱきと仕事をこなし、気遣いもできる頼もしいあやかしだ。


耳に届く爽籟《そうらい》が心地よいその日。紫乃は左京の手を借りて治療院を始めた。

手鞠や蘭丸も興味津々で治療院の周りをうろうろしていたけれど、旭に頼んで託児所に連れていってもらった。

一日中治療院に携わるわけではないにしろ、ふたりには少々寂しい思いをさせてしまうと悩みもしたが、「友と触れ合い、もっと広い世界を知るのも大切だ」と左京が言うので、もう迷わないことにした。

左京は治療院の入口近くに腰を据え、紫乃の治療を見守ってくれる。余計な仕事を増やしてしまったと心配していたものの、彼は迷惑そうな顔ひとつしない。

治療院の最初の患者は、高尾山の近くに居を構えているという女性の蛇神のあやかしだった。

蛇神と聞き、ぬめぬめした感じが得意ではない紫乃は腰が引けたが、人形《ひとがた》のままでいてくれたため安心した。

群馬の村での田畑の作業のときに突然ひょこっと顔を出す蛇にはいつも悲鳴を上げていた。けれど蛇は、神の使いとも幸運を呼び込むとも言われている。あやかしにご利益があるかどうか知る由もないけれど、いきなり怖がっては失礼だ。

最初は突然変化《へんげ》したら……とハラハラしていたものの、着物の裾からちらりと見えた脚のひどいけがに、そんなことは気にしていられなくなった。どうやら山できのこを探していたときに転んでしまい、落ちていた枯れ枝が突き刺さったようだ。

「いつ転んだのかしら」

血は止まっていたが、周囲が赤黒くなり腫れている。

「十日ほど前に……」

「そんなに我慢してたのね」

紫乃は顔をゆがめながら患部に手を当て、目を閉じて『治って』と心の中で強く念じ始める。

しばらくすると体が熱くなり、体内で生じた熱の塊のようなものが指先に移っていく。これは初めて旭の傷を癒やしたときからあった感覚だけれど、より顕著になってきた。おそらくこの熱が傷を治す源なのだろう。

ふとその塊が指先から抜けたため、目を開いた。

すると沈痛な面持ちだった彼女の表情が穏やかになり、患部の色がみるみるよくなっていく。枝が刺さった痕だけはうっすらと残っていたが、赤黒く変色していた脚は見事なまでに元に戻った。

「これで大丈夫かな……」

医術を学んだわけではない紫乃には、本当に治癒しているのかどうかなんてわからない。

「本当に、本当にありがとうございます」

先ほどまで苦しげにしていた彼女が、思わずという感じで紫乃の手を握る。涙を浮かべてまで喜びをあらわにするほどつらかったのだろう。

「よかったわ。もしまたひどくなったら来てくださいますか？　ちゃんと治っているかわからなくてごめんなさい」

「とんでもない。山の散策で、脚を腐らせて亡くなっていった仲間もいるのです。私もそうなるのだと……」

命の危機を感じていたと知り、彼女の涙のわけがわかった。

そういえば群馬の村でも、脚のちょっとした傷に菌が入り、それが全身に回って亡くなった村人がいたと聞いた覚えがある。

人間も、金がなければ医者に診てもらえないのが現実だ。斎賀の両親から紫乃のために預かった金を、姉の時子の病の治療に使ってしまったと父に謝罪されたが、あれは正しい金の使い方だったと確信している。あやかしだろうと人間だろうと、命より大切なものなど存在しないから。

「大丈夫。何度でも治療するから、困ったら来てね」

「斎賀さま……ありがたや」

彼女に拝まれてしまい、なんとなく照れくさい。

きのこを売って稼いだという通貨を差し出されたものの、紫乃は固辞した。左京が高尾山周辺のあやかしたちの用心棒をしているおかげで食うに困ることはないし、金もうけのためにここを開設したわけではないからだ。

「お代はいりません」

「いえ、受け取ってください」

断っても頑として譲らない。

「それでは……」

どうしたものかと考えた紫乃は、一旦通貨を受け取ってから再び彼女の手に握らせる。

「えっ？」

「これは、困った方を見かけたときに使ってください。私からのお願いですので、ちゃんと聞いてくださいね」

紫乃がそう伝えると、彼女は驚き、左京は目を細めた。

「私には想像もつかないほどたくさんのあやかしがいるんですよね」

筑波山に紫乃のための解毒の実を採りに行った左京と颯を助けるために魅了の力を使ったときや、屋敷の前で左京と婚姻宣言をしたときも、数えきれないほどのあやかしが集結した。しかし、あれでもまだ高尾山周辺に住まうあやかしのみで、遠くの山には無数のあやかしが生息するという。

「私ひとりでできることには限りがあります。ですから、未来をよくするために手伝っていただけますか？」

「斎賀さま……。かしこまりました。必ずお約束を果たします」

「ああっ。そんなに気負わなくても、お腹《なか》が空いたら団子でも買って食べていいのよ。そうだ、残り物だけどお団子があるの。よかったら持って帰って」

紫乃は真剣な表情で首を垂れる彼女を見て、魅了の力を使った命令になってしまっては悪いと慌てて付け足した。

その後も数名のけがや病の治療をした。治療院の噂《うわさ》を聞きつけ開院を待ちわびていた者もいたようで予想外に忙しく、力を使ったせいかほどよい疲労感がある。けれどもちろん嫌ではなく、達成感も同時に味わえた。

ずっと左京が付き添ってくれたが、特に危険なこともなく安堵している。

「治療費を受け取ってもよいのだぞ。紫乃はとてつもなく尊い仕事をしているのだからな」

治療院を閉め、屋敷に戻る途中で左京にそう言われたけれど、首を横に振った。

「ありがとうございます。ですが、お腹いっぱい食べられるのにこれ以上望むことなんてなくて……。あっ、私が屋敷に来てから食い扶持《くぶち》が増えてご迷惑をおかけしていますか？」

有り余るほどの野菜をもらえるため深く考えてはいなかったけれど、確実に一人分の食料が余計に必要になったはず。今さらながらに慌てる。

「紫乃が食べる量など知れている。困ったことなど一度もない。それに、紫乃自身が畑で野菜をこしらえているのだから、遠慮なくいくらでも食べなさい」

「よかった。最近おいもがおいしくて、つい食べすぎてしまうので」

正直に明かすと、左京は口角を上げる。

「それを言うなら、手鞠だ。手鞠があれほどいも好きだとは知らなかった」

あまりわがままを言わない手鞠だけれど、最近はいもご飯をせがんでくる。蘭丸に「またあ？」と言われても引かない彼女を見て、よほど好きなのだなと颯とも話していたところだ。

「……それに、この不思議な力はたまたま授かっただけ。尊いと言っていただけるのはありがたいですが、私自身が努力して身につけたわけではございませんし」

「紫乃」

左京に腰を抱かれて引き寄せられたので、目をぱちくりさせる。

「もっと自分に自信を持ちなさい」

「そう、ですよね。すみません。斎賀を背負う覚悟が足りませんよね」

いつまで経っても斎賀の血を引くことを完全には受け入れられていない気がして、とっさに謝る。

「いや、そうではないな……」

左京は気まずそうな顔でぶつくさつぶやいている。

「私の心をこれほど動かしたのは、紫乃しかいない。他の者に興味がなかった私が強く惹かれるほど紫乃には魅力があるのだ。力があろうがなかろうが、皆から愛される存在なのだよ、紫乃は」

左京が丁寧に紡いでくれた言葉に、目頭が熱くなる。

自分が何者なのかわからず悩んだ日もあった。けれど、あやかしたちの役に立てていると思うと感慨深い。

そして、斎賀の末裔でなかったとしても、愛を注いでもらえるのだとわかって胸がいっぱいになる。いや、本当はもうずっと前からわかっていた。左京は斎賀の娘だからではなく、紫乃自身を愛してくれているのだと。

「うれしいです」

「ああ。なんの覚悟もいらない。紫乃は紫乃のままで幸せになればいい」

左京は紫乃の肩を抱き寄せて、こめかみに唇を押しつけた。


治療院ができたことはまたたく間に広がり、連日あやかしが駆けつけることとなった。引っ張りだこの紫乃は疲労を感じているものの、心は穏やかだ。

斎賀の先祖の行いを素晴らしいと思っていたが、それに少しは近づけていると思えるからだ。

手鞠と蘭丸が寂しがるのではないかと心配していたけれど、託児所で思う存分遊べているからか、表情は明るい。

畑にもなかなか顔を出せなくなったものの、あやかしたちが協力して仕事に精を出しているそう。

阿久津に捕まってしまった猫又が人間の畑まで見に行った葉野菜の甘藍《かんらん》も、育て始めているようだ。どうやら秋植えの甘藍は葉が柔らかくて美味なのだとか。

群馬では育てたことがなく、食した経験もないため、紫乃は収穫を楽しみにしている。

治療院を閉め、左京とともに屋敷に戻ろうとすると、手鞠と蘭丸が颯を巻き込んで遊んでいるのが見えた。託児所から戻ってきていたようだ。

「お熱はありませんか？」

手鞠が医者のように颯に尋ねている。

いつもは落ち葉や小石を使ってお店屋さんごっこをしていたが、今日は治療院の真似《まね》をしているらしい。治療院を始めるときに、人間の医者はなにをするのか問われて、紫乃が教えたのだ。

「熱はありません。でもけがをして痛いです」

颯はふたりに付き合い、自分の頭に触れた。

「ひどいですね」

触れた部分を診もせずそう漏らした蘭丸は、岩の上でなにやら準備を始める。

「これを飲んでくださいねー」

彼はナナカマドの実を集めていたようで、それをなかば強引に颯の口に入れようとした。

毒を盛られた紫乃が、颯や左京が見つけてきたナナカマドに似た赤い実のおかげで助かったことを知っているからかもしれない。

「ちょ、ちょっと待った。ナナカマドは苦いのだぞ」

「紫乃さまは苦くても我慢したよ？」

紫乃は耐えたのに、なぜ颯は飲めないのかと責めるような蘭丸の視線に、左京が笑いをかみ殺している。

「たしかに苦い実だったが、紫乃さまがお飲みになったのはナナカマドではない」

「苦いの一緒だもん」

聞く耳を持たない蘭丸は、再び颯の口のそばに持っていく。顔をしかめた颯は「勘弁してくれ」と立ち上がって逃れた。

「あー、すっかりよくなった！」

しらじらしい演技をする颯に、こらえきれなくなった紫乃も噴き出してしまう。

「えー、まだなにもしてないのに」

ぷうっと頬を膨らませてすねる蘭丸がかわいい。手鞠も隣で白い歯を見せていた。

――こんな穏やかな幸せがずっと続けばいいのに。

紫乃はそう願わずにはいられなかった。

「さあて、そろそろ夕餉《ゆうげ》の準備をしようかしら。なににしようかな……」

「おいも！　おいもご飯がいいです」

紫乃が助け舟を出すと、手鞠が抱きついてくる。そして望む献立は、やはりさつまいもご飯だ。彼女はこのご飯を軽く三膳は食べる。

「そうね。それじゃあ、おいもご飯にしましょう」

紫乃が答えたそのとき、左京が紫乃たちの前に立ちふさがり白い羽を出したので、一瞬にして緊張が走る。

颯もまた視線を鋭くして、子供たちを背に隠した。

「何者だ」

左京の低い声が耳に届き、紫乃はとっさに子供たちふたりを抱き寄せる。

左京の背中越しに覗き見ると、おぼつかない足取りで歩いてくる女の姿がある。少し日焼けした顔に、女にしては背が高くしっかりとした体軀《たいく》をしており、髪は顎のあたりで短く整えられていた。

「た、助けてください……」

そんなか細い声の直後、ドサッという大きな音がして女が倒れた。颯がとっさに駆け寄り、様子をうかがっている。

「左京さま、けがをしているようです」

「けが？」

それでは、治療院の噂を聞きつけてたどり着いたあやかしに違いない。紫乃は左京とともに女のもとに駆けつけた。

「ひどい傷……」

見れば、背中から血が流れており、着物が赤く染まっている。

「颯さん、治療院に運んでください。手鞠ちゃんと蘭丸くんは――」

「ご心配なく。夕餉の準備もしておきます」

紫乃との触れ合いを期待していたのではないかと思ったけれど、状況を察した手鞠がはきはきと言う。

「ごめんね。ありがとう」

頼もしい子供たちに助けられ、紫乃は治療院に戻った。

颯の手によってうつぶせに寝かされた女に、紫乃は早速手を伸ばす。

「お名前は？」

意識を確認するために尋ねる。

「禰々子《ねねこ》……」

「河童《かっぱ》か？」

かすれた声での返答に、左京がすぐさま反応した。すると禰々子はかすかにうなずいている。

人形なのに名だけで河童だとわかるとは、有名なあやかしなのだろうか。

まずは治療をしなければと、着物に手をかける。

「颯さん、子供たちをお願いします。左京さまもお離れください」

着物をはだけなければ、傷が見えない。しかし相手は女であるので、ふたりには遠慮してもらうことにした。

「そう、か」

左京は渋々ながらも距離を取り、颯は治療院を出ていく。

「禰々子さん、脱がせますね。痛かったら言ってください」

声かけをしてから、血が滲む左肩のあたりの着物を脱がせた。

「ひどい傷……」

なにか尖ったもので突き刺されたような傷は深く、紫乃は目を丸くした。もしかしたら旭のけがよりひどいかもしれない。

自分に治せるだろうかと一瞬ひるんだものの、必ず治すのだとすぐに気持ちを切り替えた。これだけの量の血が流れているのだから、紫乃が助けられなければ間違いなく死が待っている。

「これはどうしたの？」

意識を失わせないために質問しても、返事はない。

もう話すこともできないほど危ない状態なのかもしれないと、紫乃は慌てて手拭いを手にして傷を押さえた。

そして念を込めようと目を閉じたそのとき、突然起き上がった禰々子が隠し持っていた小刀を取り出して紫乃の首に突きつけた。

左京が瞬時に駆け寄ってきて、禰々子の腕をひねり上げ、小刀を落とす。その間、ものの数秒。紫乃は緊張と混乱で動けなかった。

「やはり様子がおかしいと思っていた。何者だ」

紫乃はただのけが人だと思っていたが、左京は違ったようだ。禰々子が姿を現したとき、羽まで出して牽制《けんせい》したのはそのせいだったのかもしれない。

左京の言葉を無視した禰々子は、とてもあれほどの傷を負っているとは思えないほど素早く動き、左京をかわして再び紫乃に近づこうとするも、あっさり左京に捕まった。

彼女の顔は青ざめており、今にも命の灯火《ともしび》が消えそうに見える。まさに命がけで自分を手にかけようとする彼女の行動が怖くもあり、不思議でもあった。そこまで恨まれるようなことをした覚えがないのだ。

「紫乃に手を出すとは、殺められても文句は言えまい」

視線を鋭くして凄《すご》みのある声で言い放つ左京は、禰々子の首を絞め始めた。禰々子は苦しそうにもがいたけれど、そのうちあきらめたように力を抜いてしまう。

「左京さま、おやめください！」

紫乃はとっさに左京の腕をつかんで止めた。

彼女の行動には、なにか訳があるのではないかと思ったのだ。多少なりとも魅了の力が働いているはずなのに、敵意をむき出しにして襲ってくる彼女から強い意志を感じる。

「しかし」

「お願いします」

紫乃はためらう左京に頭を下げたあと、ぐったりした禰々子を再び褥《しとね》に寝かせた。

「私を殺めに来たのね。でも、左京さまがいる限り不可能だわ。私に不満があるのでしょうけど、難しいことはあなたの治療が終わってからにして」

紫乃がそう言うと、禰々子は驚いたように目を見開いたあと、顔をゆがめてむせび泣き始める。

「わ、私は、私——」

「もう話さないで。血があふれてしまうわ。必ず治すから、私を信じて」

そう伝えると、かすかにうなずいた禰々子は体から力を抜いた。

「紫乃……」

左京が心配げに紫乃を見つめる。

「お願いです。治療させてください」

紫乃は禰々子の肩の傷に両手を置いた。左京は戸惑っている様子だったが、近くで見守ってくれる。

禰々子がもう襲ってくるようなことはないと信じ、紫乃は目を閉じ念じ始めた。

『治って。彼女を助けて』

傷が深いせいか、体からどんどん熱が奪われていくような感覚がある。強い疲労感に襲われて突っ伏したい衝動に駆られるも、途中でやめては彼女の命が尽きてしまうと念じ続けた。

「……乃、紫乃！」

それからどれくらい経っただろう。

左京の焦るような声が聞こえて目を開けると、彼の腕の中にいた。

「よかった。突然気を失って……」

「……力を使い果たしてしまったようです。禰々子さんは!?」

はっと我に返り禰々子に視線を移すと、微動だにしないので慌てる。

「まさか失敗――」

「安心しなさい。血は止まったし、疲れて眠っているだけだ」

「よかっ……よかった」

左京にそう言われ、安堵のあまり全身の力が抜けてしまった。すると左京が抱き上げてあぐらをかいた膝の上に座らせてくれる。

「なぜ禰々子を助けた」

「なぜって……。高尾には左京さまがいらっしゃることは周知の事実。私を殺めるのが目的だとしても、左京さまと対峙することになります。つまり彼女は、死ぬ覚悟でここに来たのです」

あやかし界で法印と双璧をなす左京のことは、おそらく誰もが知っている。そんな彼がいるのに、無謀にもひとりで乗り込んではこないはず。

紫乃は禰々子に視線を送りながら言った。彼女の胸郭が呼吸に合わせて上下しているのが見えて、緊張がほどける。

「私は禰々子さんに会ったことがありませんので、魅了の力を上回るほどの強い殺意を抱く理由が思い当たりません。斎賀一族に恨みがあるのかもしれませんが……そうだとしても、私を殺めるためになぜあれほどひどいけがを負う必要があったのかという疑問が残ります」

「たしかにそうだな」

神妙な面持ちの左京はうなずいて続ける。

「……誰かに強制された、か……」

「はい。私を殺めてこいと脅されたのではないかと思ったのです。禰々子さんが一度は断って傷つけられてしまったのではないかと。ここに赴かなければ、命はなかったのでしょう。あの傷を見るに、命じた相手は禰々子さんを生かしておくつもりはないように思えますし」

たとえ紫乃を殺せても、禰々子も逝く運命だっただろう。あの傷を治せる者がほかにはいないからだ。

「禰々子は、河童の女親分なのだ」

「親分……」

それで名を聞いただけで左京が河童だと口走ったのだと理解した。

「女であってもそれなりに力もあるし、仲間も彼女を守っていたはずだ。それなのにひどい傷を負ってひとりで乗り込んでくるとは……。もしや仲間を盾に強要されたのかもしれぬな」

そう考えるとしっくりくる。仲間のために命がけでここまでやってきたのかもしれない。

「法印、か……」

碧眼《へきがん》に怒りを宿す左京は、唇を嚙《か》みしめて声を絞り出した。

先ほど紫乃は濁したが、左京と意見は同じだ。

すべてのあやかしを知らないので、ほかにも残酷な者がいるかもしれない。しかし法印は、自分の右腕であった颯にですらあっさり羽根を放った。禰々子の命をないがしろにするくらい、なんでもないことだったのではないだろうか。

「ここに治療院ができたことは、すでに多くのあやかしの知るところになっています。筑波山にまで届いていてもおかしくありません。私が斎賀の血を引くことも耳に入った可能性が」

恐怖を感じながら紫乃が言うと、左京が強く抱きしめてくれる。

「おそらく紫乃の予想は間違っていない。治療院は一旦閉めるか？」

「いえ。ここを始めて、私が思っていた以上に死の間際にいるあやかしがいると知りました。閉めてしまったら助からなくなります」

全員救えるなんて、おこがましいことを考えているわけではない。けれど、助けられるのに見ない振りをするのはどうしても苦しい。

紫乃が思いのたけをぶつけると、左京は大きなため息をつく。命を狙われたのにやめないなんて、あきれられても仕方がない。けれど、どうしても続けたい。

そう思うのは、斎賀の血のせいなのか、紫乃の頑固さゆえか……。

「そうであれば、私が守らねばならないな」

左京に強く反対されると思っていた紫乃は、その返事に拍子抜けした。

「許してくださるのですか？」

「許してほしいのだろう？」

腕の力を緩めた左京がかすかに口角を上げる。

最近彼は、こういう優しい表情をよく見せるようになった。

「はい」

「紫乃とともに斎賀の運命も背負うと話したはずだ。ひとりで闘わずともよい」

「左京さま……」

左京の心配りがありがたくて、胸が温かくなる。紫乃は左京の着物を強く握り、甘えるように抱きついた。

「禰々子さんが危険なあやかしだと、どうしてお気づきに？」

彼女が姿を現したとき、なぜ警戒心をあらわにしたのか不思議だ。

「視線がおかしかった。私と目が合うと慌ててそらしたし、颯や子供たちの位置を確認するように動いたのだ。足元がおぼつかなかったから病かけがを負っていることはすぐにわかったが、そうであればそれを治せる紫乃だけ気にかけるものだろう」

左京の観察眼の鋭さには驚かされるばかりだ。

そういえば、彼は足音だけでそれが誰のものかを言い当てる。そうしたことがわからないと命にかかわると以前話していたが、おそらくそれと同じに違いない。改めて、過酷な生活を強いられてきたのだなと、胸が痛くなる。

「危ないと感じた一方で、ひどいけがを見て勘ぐりすぎだとも思った。だから治療を許したのだが……すまない」

　爾々子が危険だと見破っていた彼が謝る必要はない。それに治療のために離れてほしいと頼んだとき、距離をとったものの渋々だった。あれもまだ爾々子を警戒していたからだろう。だからこそ小刀が見えたとき、すさまじい速さで紫乃を庇《かば》うように間に入れたのだ。

「とんでもない。私は左京さまに守られて幸せです。わがままばかり、申し訳ございません」

　きっと夫としては、はらはらし通しなのではないだろうか。それでも見守ってくれる彼の器の大きさを感じる。

「私は紫乃の夢をすべて叶《かな》えたいのだよ。ただそれだけだ」

「ありがとうございます」

　紫乃が笑顔でお礼を口にすると、左京はもう一度抱きしめてくれた。

　虫時雨《むししぐれ》に秋を感じる翌朝。紫乃は朝餉《あさげ》を持って治療院を訪れた。

　昨晩は、紫乃が爾々子の看病をすることをさすがに左京が許さず、颯が代わりに見守ってくれたのだ。

朝餉のさつまいもの味噌汁《みそしる》は、紫乃が疲れただろうからと手鞠がこしらえてくれた。具が昨晩のご飯に続き、彼女の大好きなさつまいもだったのはご愛敬《あいきょう》だ。

「おはようございます」

紫乃と左京が顔を出すと、壁にもたれて座ったまま寝ていた颯が、目を覚ました。

「おはようございます」

「すみません。起こしましたね」

昨晩はぐっすりというわけにもいかなかったに違いない。

「いいえ。彼女はまだ目覚めませんが、顔色が随分よくなりました」

近くまで行って彌々子の顔色をうかがうと、頬に赤みがさしていて危険な状態は脱したと安堵した。

「颯さんの朝餉は屋敷にご用意があります。どうぞ召し上がってください」

「それではいただきます。なにかあればお呼びください」

颯は左京に軽く会釈をしてから治療院を出ていった。

部屋の端にある座卓に朝餉を置いた紫乃が彌々子のすぐ横に腰を下ろすと、彼女は苦しげに顔をしかめて身じろぎする。

「彌々子さん？」

呼びかけると、左京も隣にやってきた。

ゆっくりとまぶたを持ち上げた彼女は、紫乃と左京に気づくやいなやすさまじい勢いで夜具を撥《は》ね飛ばして起き上がり、壁にぴったりと背をつけて目を見開く。

「どうやら元気になったようだな」

左京がそう漏らすと、彼女はガタガタと体を震わせ始めた。

「なにもしませんから、そんなに怖がらないで」

紫乃がそう伝えたものの、昨日左京は彼女の首を絞め上げた。怖がるのは当然だ。

「私は許したくないが、お前がこのような罪を犯したのには訳があるのではないかと妻が言うのだ。話を聞かせてもらうぞ」

爾々子の目の前にあぐらをかき腰を落ち着けた左京は、許しもせず、かといって怒りをあらわにもせず、至極冷静に語りかける。

厳しい態度を崩さない一方で眉をつり上げないのは、爾々子が話しやすいようにしているのかもしれないと感じた。

「わ、私は……」

きょろきょろと目を動かし落ち着きがない爾々子は、やっとのことで声を絞り出す。そしていきなり正座をして額を畳に押しつけた。

「申し訳ございません。私がしたことは許されることではありません。それなのに、助けていただけたなんて……」

禰々子の声が震えている。泣いているのだ。

「その肩の傷はどうしたのですか？　ちょっと転んだくらいではできません。いえ……鋭い羽根を至近距離から放たれた、くらいでしか」

紫乃は法印の存在をちらつかせながら問いかけた。

すると顔を上げた禰々子は、首をすくめてカチカチと歯の音を立てだす。血が止まったおかげで唇に赤みが差してきたのに、再び顔が青白くなってきた。

「禰々子。大体の察しはついている。我が仲間にやられたのではないのか？」

左京が口添えすると、禰々子はかすかにうなずいた。

「法印は、私の妻が斎賀の血を引くことに気づいているのだな？」

「……は、はい。斎賀はあやかしを壊滅させる気だとおっしゃって……私に……」

禰々子はあふれる涙を拭うこともせず、ただただ体を震わせる。

「紫乃を殺めろと命じたのだな」

「も、申し訳ありません」

禰々子はもう一度畳に頭をこすりつけて謝罪した。

「河童の親分ともなれば、斎賀家が我々あやかしにもたらした恩恵を知っているはず。それでも紫乃を手にかけようとしたのは、法印に殺されそうになったせいか？」

左京が次の質問をすると、顔を上げた禰々子は歯を軋《きし》ませた。

「……斎賀さまには、我が河童一族も何度も助けられました。なにより、川でけがをした私自身が斎賀さまに傷を癒やしていただいたのです」

まさか禰々子が紫乃の先祖の誰かに会っているとは。もしかして母なのかもしれないと期待が高まる。

「それはいつの話ですか？」

「人間の年月で言えば、二十五年ほど前になります」

「二十五年……。母だわ……」

——そうであれば、きっと母だ。

群馬以外に、母の痕跡を見つけて瞳が潤む。

涙がこぼれそうになって目頭に手をやると、左京が励ますようにそっと腰を抱いてくれた。

「傷が癒えたのを仲間と喜んでいるうちに斎賀さまは姿をお消しになって……。せめてものお礼の気持ちと、それ以降、私が住まう川の氾濫を抑えてまいりました。あのときは本当にありがとうございました」

禰々子は改めてかしこまり、深々と頭を下げた。

「それほど世話になったのに、その娘を殺めるつもりでここに来たのか？」

左京が鋭い質問をぶつける。

紫乃は母について聞けただけで胸がいっぱいになっていたけれど、気が引き締まった。

「……私が死ねば丸く収まるなら、ここには来ずに死にました。そもそも法印は私を殺すつもりでしょうし」

禰々子はそっと肩に触れて言う。

「ですが仲間が……子供たちが数人、法印の手下に連れ去られたのです。私はその子たちを助けるために法印のところに赴いて、このたびのようなことに……」

「子供が……」

紫乃の脳裏に託児所で笑顔を弾《はじ》けさせる子供たちが浮かび、いたたまれなくなる。彼らの笑顔が突然奪われるなんて考えられない。

殺されそうになったとはいえ、禰々子の気持ちが痛いほどわかった。

苦しげな顔で吐露する禰々子は、悩みに悩んだのだろう。殺せと命じられた相手が、自分を助けてくれた斎賀家の後継者で、しかしその一方、訳もなく命の危機にある子供たちを救わなければという葛藤。おまけに、彼女自身も深い傷を負い、逝くことを覚悟して……。

「なんてひどいことを」

無念の思いで紫乃がそう吐き出すと、苦々しい表情の左京は、膝の上の拳を震わせた。

「ですが、私が斎賀さまを手にかけようとしたのは事実。どんな罰でも受けます。ただ……」

禰々子は涙を流し呼吸を乱しながら必死に言葉を紡ぐ。

「白天狗さま。法印と対峙できるのは、あなたさましかいないと聞きました。奥方さまの命を奪おうとしたのに勝手だと承知しておりますが……子供たちをどうか……。あの子たちはなんの罪もないのです。お願いです。どうかお救いください」

禰々子の涙の懇願に、紫乃の視界も滲んだ。

禰々子はまさに究極の選択を迫られ、子供たちを救うことを選んだのだろう。やはり助けてよかった。

「わかった。我が一族の責任でもあるからな。ただし、お前を許して治療を施した紫乃に手を出すようなことがあれば、今度はその首を即座にへし折る」

禰々子の命を左右するような左京の強い言葉に顔が引きつる。しかし、紫乃を思ってこその厳しい発言だとわかっていた。

「もちろんです。奥方さまがいらっしゃらなければ、私はもう命を落としていてもおかしくはなかったのです。この命、斎賀さまにお預けします」

禰々子は真実を語っている。そう思うのは、彼女の目がまっすぐに紫乃を捉えているからだ。

左京が彼女に不信感を覚えたのは、目をそらしたからだという。この言葉が嘘《うそ》であれば、これほど強い眼力で紫乃と視線を交えることはできないはずだ。

「禰々子さん、しばらくここにいませんか？」

紫乃が提案すると、禰々子は目を瞠《みは》る。左京もまた驚いた顔で紫乃を見ていた。

自分を殺そうとした相手をそばに置くのはおかしいに違いない。けれど、今戻っては彼女も子供たちも助からない気がするのだ。

法印はおそらく、紫乃の殺害失敗を理由に禰々子の命を奪い、子供たちも同じ運命をたどるだろう。仲間だろうが右腕だろうが気に入らなければ闇に葬る法印にとって、命とはそれほど軽いものだから。

「ですが……」

「私や私の家族に、手を出さないと約束してくださいますよね」

「それはもちろんです」

左京が頼みの綱であれば、手出しはできないはずだ。子供たちの運命を握っているのは左京なのだから。

「左京さま、よろしいですか？」

左京のほうに体を向けて尋ねると、苦笑している。

「だめだと言っては、紫乃に嫌われてしまいそうだ」

　左京が許可してくれるので、紫乃の頬が緩む。

　左京は禰々子に視線を移して続けた。

「禰々子。紫乃は斎賀の血を引くにふさわしい人間だ。彼女は我々あやかしにとっても必要な人。決して失うわけにはいかぬ」

「はい」

「子供たちについては最善を尽くそう。その代わり、お前は紫乃に尽くせ」

　尽くしてもらうなんてとんでもないと紫乃は慌てたけれど、そのほうが禰々子は気兼ねなくここにいられるのではないかと思い直す。

「かしこまりました」

「私、治療院を始めてから家事がおろそかなんです。手伝っていただけますか？」

「はい、もちろん」

　紫乃が手伝いを頼むと、禰々子に笑顔が戻った。

優しい嘘

子供たちを捕らえ、禰々子を刺客として送り込んだ法印は、同じ天狗の一族としては認められないほどあさましい。

河童の仲間に慕われていた禰々子は、子供たちを囚《とら》われて法印の言うことに従うしかなかったのだろう。

まさか、紫乃の母に会っているとは予想外だったが、母に助けられているのであれば子供たちの救出を約束した今、二度と紫乃に手を出すことはないと信じて、滞在を許した。

それにしても、紫乃の肝の据わり方には驚くばかりだ。

小刀を向けられても、まずは治療が先だと言い放ち禰々子を救った様に、斎賀一族としての矜持《きょうじ》を感じた。

斎賀の血を引くと知ったばかりの彼女は、自分の存在する意味について随分と思い悩んでいる様子だが、悩む必要などない。彼女がいれば、周囲の者たちは幸せになる。それを一番感じているのは左京だ。

自分を救いに来た母を失い、白い羽や碧い目を嘲《あざけ》り笑われて、ひっそりとひとり生きていくことを望んだ左京が、あやかしたちに囲まれて心穏やかに暮らせている。どうでもいいと思っていたこの世界の未来を、よきほうに変えたいと強い闘志が湧いている。

それもすべて紫乃の影響だ。

そしてなにより、誰かを愛するということは大きな幸せを感じるものだと教えてくれた紫乃には感謝しかない。

「法印、許さぬ」

窓の桟《さん》に座り、庭で遊ぶ手鞠や蘭丸、そして紫乃の様子を見ながら漏らすと、颯がうなずく。

「やはり私がそばで食い止めるべきだったかもしれません」

颯は無念の思いを口にした。

「そんなふうに思わなくていい。お前は精いっぱいのことをした。あれ以上そばにいては、死んでいた」

颯も法印の羽根の犠牲になったひとりだ。法印にとって頭の回転が速く行動力があり使い道があった颯を本気で殺めようとしたわけではないだろうが、それでも腕にかなり深い傷を負っている。

左京は腕を組み、ふと遠くの山へと視線を移す。赤や黄色で装飾された山々は艶《あで》やかで美しく、それぞれの山に住まうあやかしたちは争いを望んではいない。

平和な日常を壊してまでも、すべての世界を牛耳りたい法印の気持ちが、左京にはさっぱり理解できなかった。

「斎賀家が邪魔なのはわかるが……法印はなぜ、これほど躍起になって紫乃を殺めようとするのだ？　禰々子など使わず、正面から私に挑みに来そうなものなのに」

「……それは、自信がないからではないでしょうか」

颯がおかしなことを言うので、思わず顔を見た。しかし、真剣な表情をしている。

「あの法印に自信がないと？」

逆らえるものなら逆らってみよと余裕の笑みを浮かべて周囲の者を挑発するような法印に自信がないとは一体……。

「はい。法印は左京さまに嘲笑を向ける一方で恐れているのです。左京さまは紫乃さまと夫婦になられ、斎賀一族の魅了の力も相まって、あやかしたちを惹きつけています。法印にとって左京さまと紫乃さまは脅威なのです。盤石《ばんじゃく》なはずだった地盤が緩んできているのを感じているのではないでしょうか」

たしかに紫乃のおかげで、あやかしたちの左京への思慕も募っているように感じる。市のある山のあやかしたちは完全に紫乃の虜《とりこ》だし、左京の話にもよく耳を傾けてくれる。

左京は法印のように頂点に立ち、思うがままにあやかしや人間を操りたいという願望を持ち合わせてはいないため、今の法印の地位をうらやましいと思ったことは一度もない。けれど、このまま左京たちが周囲のあやかしたちを巻き込んで大きな勢力となるのを法印が恐れているということだろう。

それで真っ先に、魅了の力を持つ紫乃を殺めようとしたのか。これ以上自分に反する力が大きくならないうちに。

とはいえ、法印に自信がないという考え方をしたことがなく、目から鱗《うろこ》が落ちるようだった。

「紫乃は無自覚だろうが……斎賀の能力の影響力は計り知れないな」

斎賀の能力というよりは魅力、と言うべきか。

紫乃は困難だからと皆が尻込みしそうなことでも、率先して理想を目指して突き進む。それこそ、命がけで。

夫としては少し控えてほしいところだが、彼女を突き動かす正義感が強くて、とても止められない。

「紫乃さまが高尾にいらっしゃってから、状況が一変しました。どのあやかしも明日に期待しているのがわかります。そのうちのひとりが私ですが」

颯はそう言って、にっこり笑う。

そういえば、紫乃が来てから颯も表情が穏やかになった。いつも朗らかなようで、時々物思いにふけっていたのだけれど、今は心から笑っているように見える。先日、託児所をつくってからはなおさらだ。

やはり紫乃の魅力は絶大だ。

「そうだな。私も期待している。だが……」

左京が再び庭に視線を戻すと、紫乃が手鞠の髪に桔梗《ききょう》の花を挿している。最期に母に贈られた忘れな草を見ては涙を浮かべていた手鞠も、白い歯をよく見せるようになった。

こんな穏やかな日常と引き換えに、紫乃が失ったものは大きいのではないかと心配になる。

「紫乃には自由でいてほしかった」

「……はい」

颯は左京の胸の内を察したのか、控えめに返事をした。

「我々あやかしが彼女の人生を縛っているのかもしれないという気持ちはあるが、かといってこの山から下ろしたところで……」

「紫乃さまのことですから、おひとりでも信念を貫かれるでしょう。ですから、山から下ろすわけにはいきませんよね。……いえ、もう離れられませんよね、左京さま」

颯がにやにやしながら言うので、ばつが悪い。その通りだからだ。

「お前はひと言多い」

「それは申し訳ございません。ですが、以前はこんなふうに胸の内をお話しになることはなかったですよ。私はそれがうれしく——」

「うるさい」

わかっているから、指摘しないでほしい。紫乃が左京を変えたのだから、照れくさくてたまらないのだ。

「黙ります」

くすりと笑った颯だったが、直後目を光らせた。

「私は左京さまの穏やかなお顔も、紫乃さまの笑顔も守りたく存じます。たとえこの命に替えてで——」

「許さん」

颯がひとりで法印のもとに乗り込もうとしているのではないかと、即座に拒む。

「しかし」

「紫乃の笑顔を守りたいのではないのか？　お前が命を落として、紫乃が笑っていられるとでも？　法印の傍若無人ぶりは、颯のせいではない」

彼は筑波山を去ったことに、いまだ罪悪感があるのだ。しかし颯がいなければ、もっと多くのあやかしが死んでいた。

左京が強い口調でぴしゃりと言うと、眉をひそめる颯は黙り込んだ。

「安心しなさい。颯には手伝ってもらうつもりだ」

「なんなりと」

「私が法印を止める。天狗一族の恥さらしを放置してはおけぬ。だが、失敗すれば紫乃の命もないだろう。だから念入りに準備をしなければ。颯」

「はい」

侍従の顔をした颯は、背筋を伸ばして視線を尖らせた。

「法印の周囲を探れ。河童の子供たちのほかに自由を奪われている者はいないか調べるのだ。わかっていると思うが、危険を察したら――」

「御意」

颯は左京が言い終わる前に承諾した。主の命を受けたからには、紫乃を泣かせるような無謀なことはしないはずだ。

早速颯が屋敷を出ていくところを窓から見ていると、廊下に足音が響く。紫乃と子供たちふたりはまだ庭にいるので、爾々子だ。紫乃が子供たちの相手をする間、爾々子にさつまいもを蒸かすように頼んであったのだが……。

左京の部屋の前でぴたりと足音が止まったものの、なんの動きもない。おそらく声をかけづらいのだろう。

「どうした？」

左京が障子を開けると、うつむいた禰々子が立っていた。

「あ、あの……」

「法印の話か？」

「いえ。あの男の子……」

禰々子が意外なことを言いだすので首をひねる。

「蘭丸がどうかしたのか？」

「妖狐だと聞きました。それで思い出したのですが、彼は帝都の外れの村で倒れていたのではありませんか？」

「あっ……」

左京が小さな声を漏らしたのは、蘭丸を助けたのが河童だったからだ。

――あの日、河童から人間の村に住み着いている妖狐の家族が、陰陽師に命を狙われていると聞き、颯とともに走った。

村への道すがら、河童からけがをして道端に倒れていた妖狐の子を助けたと聞き、颯に保護させた。それが蘭丸だ。

左京は蘭丸の家族を救うべく村に向かったが、すでに父と母、そして兄が息絶えていた。

「まさか、あのときの河童か？」

驚きのあまり声が上ずる。

「私は妖狐が倒れていると聞き、駆けつける途中でした。私の仲間が見つけ、火の鳥に託したと。颯さまが火の鳥だとお聞きして、ますますそうではないかと……」

「間違いない。蘭丸が記憶を失っていてくわしくはわからぬが、妖狐の噂を聞きつけてやってきた陰陽師からひとり逃げ出せたものの、途中の山道の草むらに倒れていたと思われる」

「はい、頭から血を流す妖狐を草むらで見つけたと聞きました」

まさか、こんなところでつながるとは。

「そうか。その節は、蘭丸が世話になった」

左京は禰々子に向かって深々と頭を下げた。すると彼女は慌てている。

「とんでもないことでございます。左京さまも蘭丸くんをお助けになったひとりではありませんか。気になっていたのですが、蘭丸くんが元気でよかった。見つけた我が仲間も喜びます」

禰々子は涙を浮かべて喜びを表す。本来優しいあやかしなのだろう。

「すまないが、当時の話は蘭丸の前ではしないでくれるか」

「どうしてでしょう？」

「蘭丸は記憶を失っていると言ったが、それはよい記憶だけでなくつらい記憶もなのだ。家族をどうして失ったのかも覚えてはいないし、蘭丸だけが助かった理由もわからない。ただ、人間は怖いという気持ちだけが強烈に残っている」

愛くるしい笑みを浮かべて紫乃に甘える蘭丸だけれど、過去にはおぞましい経験をしている可能性がある。なんとか逃げ出せたものの、家族の死を目撃しているかもしれないのだ。

紫乃に魅了の力があったからすぐになついたが、もしかしたら人間への拒否の気持ちは手鞠より強いのではないかと感じる。人間について話題にするだけであからさまに顔をしかめるし、ときには逃げていく。

「だから、無理に思い出させて嫌なほうの記憶がよみがえったら、蘭丸から笑顔が消えてしまう。いつか乗り越えなければならないときが来るにしても、時期尚早だ。両親が近くにいないだけでもつらいのだ。今は心を癒やすのが先決だ」

左京も颯も、蘭丸をここに運び込んでから一度は村や家族について尋ねた。しかし、蘭丸が思い出せないと泣き叫んだため、それ以上追及するのはやめたのだ。すでに家族が旅立ったことすら耳に入れていない。

いつか彼が知りたいと思ったら、知る限りのことを伝えるつもりだ。といっても、家族が阿久津の手下に惨殺されたことくらいしか左京も知らないのだが。

「かしこまりました。人間に石のようなもので殴られたのではないかと、見つけた仲間が申しておりました。人間を恐れるのも当然です」

阿久津の手下の仕業だろうか……。

「ただ、彼が倒れていたあたりに墓標を立て、毎月拝みに来る人間がいるとも聞きました」

「誰だ？」

「くわしくは存じませんが、近くの村の青年のようです。いつも『俺のせいですまない』と後悔や謝罪の言葉を口にしているそうで……」

「謝罪？」

それでは蘭丸にけがをさせたのは、阿久津の手下ではなくその男なのかもしれない。懺悔《ざんげ》をすれば済むと思ったら大間違いだ。蘭丸はあのとき、死の淵《ふち》をさまよったのだから。

蘭丸を傷つけただろう村人の存在を知り、阿久津に抱いた強い憤りと同じものがこみ上げてくる。

左京が険しい表情をしていると、禰々子が申し訳なさそうにしている。

彼女も仕方がなかったとはいえ、紫乃に刃を向けた身。その村人のことをとがめられる立場にはない。

「左京さまがお考えになっていることは、私にもなんとなくわかります。ただ、その村人が蘭丸くんを傷つけたと決まったわけではございません。そこは我が仲間にもわからないのです」

「……そうだな」

左京は少し熱くなりすぎて冷静さを欠いたと反省した。

落ち着かなければと窓際に行き、再び庭に目をやると、紫乃が太陽の光に紅葉の葉をあてて目を細めている。

彼女はああしていつも光を求める。すぐに内に籠ろうとする自分とは違う。

子供たちの高らかな笑い声が聞こえてきて、高ぶる気持ちが落ち着いていく。彌々子の耳にも届いたらしく、彼女は微笑して口を開いた。

「斎賀さまがまるでふたりの母のようで……。子の面倒まで見ていらっしゃるとは思いませんでした」

多くのあやかしから崇《あが》められる紫乃が、顔を泥まみれにして畑仕事をしたり、子供たちに交ざってこま回しをしたりしていると知れば、驚くのが普通だ。

「紫乃はよい意味で、普通の人間なのだ。斎賀の血を受け継いではいるが、心根が優しく信念ある女性だ」

左京はそう口にしてから、まるで紫乃への思慕を熱く語っているようだと気まずくなる。けれど禰々子はうなずいた。

「素敵なご夫婦で……」

禰々子はそう言うと、いきなりその場に跪《ひざまず》き、真摯な眼差しで左京を射る。

「どうかこの世を、左京さまと斎賀さまが治めてください。我が河童一族はおふたりに忠誠を誓います」

やはり、紫乃の魅了の力が影響しているのかもしれない。出会ったばかりだというのに、忠誠を誓うとは。

――いや、紫乃自身の魅力のおかげか。

襲われそうになったというのに『難しいことはあなたの治療が終わってからにして』と一蹴して治療を続けた彼女のことを、好きにならないあやかしなどいるはずもない。

「お前の仲間も助ける。だが、筑波山に向かうためには準備が必要だ。少し時間をくれ」

「わかっております」

一刻も早く法印の周辺の状況を把握し、河童一族の子供たちを助けなければ。

左京は気を引き締めた。

◇◇◇

禰々子がやってきてから、家事のほとんどをこなしてくれるのでありがたい。

とはいえ、治療院が毎日大盛況で、紫乃は少し疲れていた。

子供たちと湯浴《ゆあ》みをしたあと部屋で左京を待っていたものの、冷えた足先を温めるために布団に入っていたら、いつのまにかうつらうつらしてしまったようだ。

気配を感じて目を開けると、目の前の美しい碧眼に自分が映っており、どきりとする。左京の解かれた長い髪は、清明な月明かりを浴びて輝いていた。

「すみません。眠ってしまったようで……」

「構わん。疲れているのだろう？」

「はい、少し」

以前の自分なら強がったところだ。しかし、左京が甘えさせてくれるので素直に答える。

「起こして悪かった。眠りなさい」

「いえ。左京さまとお話しできるこの時間が好きなのです」

紫乃がそう返すと、ひじ枕をした左京は優しく微笑む。随分表情が柔らかくなった夫が、紫乃はうれしかった。

「お飲みになっていたのですね」

酒の甘い香りがかすかに鼻腔《びこう》をくすぐる。この香りは嫌いではないが、紫乃はどうも苦みを感じてしまう酒を好きになれない。左京と晩酌がしたいのに。

「今宵は一杯だけだ。それより紫乃の顔が見たくなった」

紫乃の頬にかかった髪をそっとよけながら左京は言う。酒豪の彼が一杯でやめるとは珍しい。

「なにかございましたか？」

紫乃は起き上がり、左京に尋ねた。すると左京も同じように上半身を起こす。

飲む気になれないのは、筑波山に赴いた颯が気になるからだろうか。

「本当にお前は……。そうだな、話がある」

颯になにかあったのではないかと緊張が走る。

「蘭丸のことだ」

「蘭丸くん？」

意外な名前が出たため、紫乃は少し驚いた。

それからあぐらをかいた膝に紫乃を抱いた左京は、蘭丸を拾ったときのいきさつを話してくれた。

「禰々子さんが、そんなふうにかかわっているなんて……」

　人間もそうだが、寿命を終えるまでに会える者なんて限られている。それなのに、蘭丸を助けたことに禰々子もかかわっているとは、運命めいたものを感じずにはいられない。

「私も驚いたが、状況からいって間違いない。それで禰々子が気になることを言うのだ」

「気になること？」

「どうやら蘭丸が倒れていた場所に、墓標のようなものを立てて毎月通ってくる青年がいるとか」

「それって……」

　左京はうなずいて続ける。

「自分のせいだとひたすら懺悔を繰り返していると聞いて、その男が蘭丸を傷つけたのではないかと腹が立ったのだが――」

「きっとその青年が傷つけたのではありませんよ」

　紫乃は即座にその男の仕業ではないと、左京に伝えた。

「どうしてそう思うのだ？」

「人間は……いえ、あやかしもそうかもしれませんが、自分が犯した罪は忘れたいものです。でもその方は足しげく通っている。そりゃあ、祟《たた》られることを恐れてひたすら謝罪する者もいますが、蘭丸くんが倒れていた場所に来るんですよね？」

「……そうだが、それがなにか？」

左京は不思議そうな顔をしているけれど、紫乃はやはりその男が蘭丸を傷つけたとは思えなかった。

「怨念を恐れる者は、寺や神社で祈禱《きとう》するものです」

そうした場合の祈禱は、旅立った御霊《みたま》を弔うためでなく、自分に災難が降りかからないようにするのが目的だ。

「たしかに人間は、神や仏という存在にすがるな……」

左京にも心当たりがあるようだ。

「……なんて、私がそう信じたいだけかもしれませんけど」

左京の予想通り、その青年が蘭丸を傷つけたのかもしれない。

ただ、紫乃は手鞠と正治を思い出したのだ。阿久津のせいで人間が嫌いな手鞠も、正治だけは特別だった。蘭丸にもそういう人がいてもおかしくはない。いや、いてほしいと。

ただ、手鞠と違い蘭丸には当時の記憶がないので、真実を確認するのは困難だろう。

「手鞠ちゃんと正治くんを見ていると、人間とあやかしという区別なんて関係なくて、単に気が合うとか心を許せるとか……そうしたことのほうが大切に思えるんです。蘭丸くんにも、そういう存在がいたら……なんて期待しているのかもしれません。いつまで経っても甘いですね、私は」

散々怖い思いをしてきたのに、まだ信じたいなんてばかなのかもしれない。

紫乃が目を伏せると、左京に抱きしめられた。彼の胸の鼓動を聞いていると心が落ち着くから不思議だ。

「私と紫乃もそういう関係だからな」

「そういえば」

左京と一緒にいるのがあたり前になりすぎて、人間とあやかしという異なる立場であることなんてすっかり頭から飛んでいた。

「忘れていたのか？」

紫乃の小さな声を拾った左京が、くすりと笑みをこぼす。

「だって、なにも違わないいんですもの。あっ、でも……あの美しい羽は惚《ほ》れ惚《ぼ》れしますが」

白い羽と碧い目は左京にとって劣等感を抱くものであったようだが、紫乃は初めて見たときからずっと美しいと思っている。

「紫乃の笑顔のほうが美しいが」

「酔っていらっしゃいます？」

「そうかもしれないな」

照れくささを隠すためにそんなふうにおどけると、左京は笑った。


それから三日。

颯は報告のために一旦戻ってきたものの、河童の子供たちの行方がまだわからないと肩を落としていた。筑波山は不気味なほどに静かなようで、目立つためかえって動きづらいとか。

嵐の前の静けさとも言うが、嫌な兆候でないことを祈るばかりだ。

颯は今度は旭も連れて、もう一度筑波山へと向かった。

颯たちを見送ったあと、紫乃は治療院を休んで蘭丸が倒れていたという場所に左京と赴いた。禰々子が話していた青年が月に一度姿を現す日だから。

紫乃が真実を確かめたいと話したら、左京が承諾してくれたのだ。もし、蘭丸が慕っていた人間であれば、いつか会わせてやりたい。

墓標があると聞いていた通り、表面がきれいに削られた木が一本立っていた。時子たちの墓にある角塔婆のようだが、なにも記されていない。

「河童がそこの草むらで蘭丸を見つけ、陰陽師がうろついていたことから河原まで連れていったようだ。そのとき蘭丸は完全に意識を失っていて、颯に命じて河童から蘭丸を預かったが、それから三日は目を覚まさなかった」

紫乃は蘭丸が生きていてよかったと心から安堵した。

「なぜ意識を失ったんでしょう」

「頭から血を流していたから、石のような硬いもので殴られたのではないかと」

左京は顔をゆがめながら言った。

ここに通い懺悔する青年がやったのではないかという疑惑はまだある。けれど、そうではないと信じたい。

直後、左京の顔に緊張が走り、腕を強く引かれて大きな木の陰に隠れる。左京が慌てたのは、人がやってきたからだ。

年の頃、紫乃と同じくらいだろうか。日焼けがまだ抜けぬ浅黒い顔をしており、力仕事をしているのか、腕の太いがっしりとした男だった。

男は墓標の前で足を止めると、膝をつき両手を合わせる。禰々子が話していたという青年は、彼に違いない。

「蘭丸。たくさん食べて元気にしてるか？　今年は木材がよく売れて米も買えそうだ。蘭丸はさつまいもが好きだったなあ。一緒に……」

突然声が震えて言葉が止まった。目頭を押さえる男は、静かに涙を流し始める。

「ごめんな。俺のせいだ。俺が代わりに逝けばよかった……」

苦しげに吐露する彼を見て、紫乃は確信した。

やはり彼は蘭丸の大切な人だ。そうでなければ、蘭丸の好きな食べ物など知らないだろうし、代わりに逝けばよかったなんていう言葉は出てこない。

左京と視線を合わせると、うなずいている。彼も同じように思ったに違いない。

手鞠と正治のように、生きていると伝えて会わせてあげたい。けれど、肝心の蘭丸が記憶を失っているため、会ったとしても誰かわからないだろう。それでも、長い年月を経てもなお、こうして蘭丸を偲《しの》んで泣く彼との絆の強さを感じて、なんとかしたいと気がはやる。

「左京さま。彼……蘭丸くんの大切な人ですね。お話ししてみたいです」

「そうだな。念のために蘭丸が生きていることは伏せて、どんな人物なのか探ってみるのもいい。蘭丸の過去もわかるだろう」

同意してくれた左京は、紫乃に先立って男の前に歩いていった。

左京と紫乃の登場にひどく驚いた男は、すさまじい勢いで立ち上がりあとずさる。

銀髪に碧眼を持つ左京に驚くのも無理はない。

「驚かせて申し訳ない。私は左京。彼女は妻の紫乃です」

「はっ、はい。……い、異人さん？」

「まあ、そんなところです」

対応しつつもじりじりと下がっていく青年に、紫乃は口を開いた。

「安心してください。私たちはこの墓標についてお聞きしたいだけでして」

「墓標のことを？」

男は目を見開いたものの、緊張をほどくように肩から力を抜いた。

「はい。お名前をお聞きしても？」

「……勇《いさむ》。……この山で木こりをしている勇です」

彼は少しためらいながらも自己紹介してくれた。木こりをしているので、しっかりとした体軀をしているのだと納得する。

「勇さんですね。木こりでしたら、もしかしてこの墓標を作ってくださったとか？」

紫乃が尋ねると、彼は控えめにうなずく。

「俺のせいで逝ってしまった、親友の墓なので」

「あなたのせいとは？　殺めてしまったということか？」

〝親友〟という言葉が出たため紫乃の心は浮き立ったけれど、左京は鋭い言葉をぶつける。すると勇は、唇を嚙みしめてうつむいた。

「そんなつもりはなかった。大事な友達だったんだ」

後悔の念を吐き出す彼は、うっすらと涙を浮かべる。

「……ここであやかしが死んだと聞いたが、親友があやかしだと知っていたのか？」

はっきり〝あやかし〟と口にした左京に紫乃は驚き、勇は瞬《まばた》きを繰り返して放心している。

「あなた方は……陰陽師？」

こんな辺境の村で、あやかしと聞いただけで陰陽師という言葉がするりと出てくるのは不自然だ。彼も阿久津たちを見ているのかもしれない。

「私は、陰陽師の末裔です」

紫乃が正直に告白すると、勇が顔を青ざめさせる。

「蘭丸……蘭丸を返せ！」

興奮気味に紫乃に詰め寄る勇を、左京が止めた。

「誤解しないでほしい。彼女はあやかしを救う側の人間だ」

「嘘だ。陰陽師のせいで蘭丸が！」

蘭丸の過去にも陰陽師がかかわっていることが決定的となり、紫乃の心は痛む。

「私は天狗だ」

左京が正体を明かすと、勇は目を真ん丸にする。

「て、天狗？」

「そうだ。彼女は我々あやかしの命を数多く救ってきた陰陽師一族の末裔なのだ」

左京の説明に、勇はへなへなとその場に座り込む。

「そんな陰陽師がいるのか？　それなら、あいつらはなんだったんだ。どうして……どうして人間とあやかしは、仲良く暮らしてはいけないんだ」

勇のつぶやきに、紫乃ははっとした。毒を盛られて死を覚悟したとき、紫乃も同じことを考えたからだ。

「あなたと蘭丸くんのことを教えていただけませんか？」

紫乃が問いかけると、勇はうなずいて語り始めた。

◇　◇　◇

「勇くーん」

無邪気な笑みを見せて駆け寄ってくるのは、七歳の勇より四つ年下の蘭丸だ。いつも朗らかで周囲を明るくする彼は、村の人たちからかわいがられている。

しかし、蘭丸は人間ではない。妖狐だった。

とはいえ、それを村人たちも承知しており、村に唯一ある神社の社務所に住み着いた彼の家族とはよい関係を築いている。特に危害を加えられるようなことはないどころか、村に盗賊一味が現れたとき、彼らそっくりに変化して驚かせ蹴散らしてくれたという恩がある。

「どうした、蘭丸。遊びたいのか？」

蘭丸はとにかく無邪気で、年相応のいたずらもするが、とても素直だ。

「うん！」

目を輝かせて返事をする彼には、勇と同じ歳の兄がいる。どうやらあやかしの一年は人間の十年に匹敵するようなので、すでに七十年も生きているその兄と同じ歳というのもおかしいが。

兄は両親に大切にされており、その一方で蘭丸はほったらかし。いや、ほったらかしであればいいのだけれど、疎まれている。

蘭丸は両親の本当の子ではなく、妖狐の仲間から預けられた子だという噂がある。たしかに兄とはあまり似ていないが、それが本当かどうか勇は知らない。

あまり構ってもらえない蘭丸は、勇が木こりの父とともに仕事にいそしんでいると、駆けてきて手伝ってくれる。といっても体の小さな彼では、木の枝を数本運ぶので精いっぱいだ。しかし勇の父も蘭丸のそうした健気《けなげ》な姿をかわいいと思っているようで、息子のように接している。ふたりでいたずらをして雷を落とされたこともあるのだけれど……。

蘭丸は勇のそばのほうが自分の家より居心地がいいらしく、毎日のように顔を出す。

「ここの木を全部片づけたら遊べるかな」

「お手伝いするー」

蘭丸は勇の父が割った薪《まき》を一心不乱に集め始めた。

そんな穏やかな日常が突然終焉《しゅうえん》を迎えたのは、神社の境内に彼岸花が咲き誇った
とある秋の日の夕暮れのことだった。

「大変だ。陰陽師がやってくるぞ」

近くの街に野菜を売りに行っていた村人が血相を変えて戻ってきた。

「陰陽師だと？」

父が返すと、男は大きく二度うなずく。

「そうだ。なんでも力を持つ陰陽師らしくて、すごい数の手下を引き連れて隣町に滞
在している」

「陰陽師って、なに？」

家の前の広場で父の手伝いをしていた勇は、村人に尋ねた。

辺境の村では陰陽師になんて出会ったことがないのだ。

「あやかしを退治する――」

「退治？」

勇は血の気が引いていくのがわかった。

あやかしを嫌う人間がいることは知っていた。昔殺し合ったこともあると。けれど、蘭丸の家族はそんな危険を孕《はら》んではいないし、なにより蘭丸は弟のような存在だ。

しかし、あやかしを頭ごなしに敵と見る人間のほうが多い。蘭丸たちはそうした人間に見つかってしまったのだと察した。

「勇。蘭丸に知らせなさい。すぐに行け」

父に急《せ》かされ、勇は走りだした。しかし、背後がざわついたので振り返る。すると、烏帽子《えぼし》に狩衣《かりぎぬ》を纏《まと》った神経質そうな男と、腰に刀を差した二十名近くの男たちの姿が見えて、足を止めた。

——あれが陰陽師……。

異様な雰囲気と、威圧感。主に林業と農業を生業《なりわい》としていて、のんびりとした時間が流れる村では、出会うことのない人たちだ。

幸い、先ほどまでここで遊んでいた蘭丸は帰ったばかりで、おそらく今日はもう顔を出さないだろう。

だとしたら、蘭丸に知らせに行くのは得策ではない。居場所を教えるようなものだと思った勇は、目立たぬようにほかの村人に紛れた。

誰かに呼ばれて家から出てきた村長《むらおさ》が、陰陽師の前に立ち対応を始める。

「こんな小さな村に、どのようなご用件でしょう？」

白いひげを蓄えた初老の村長はいつも威勢がいいのに、腰が引けているのがわかる。

眼光鋭き男たちに囲まれては、誰でもそうなるだろう。

「初めまして。政府よりあやかし退治を請け負っている阿久津と申します」

先頭の陰陽師は、意外にも笑みを見せるほど好意的だ。

「陰陽師さま？」

「いかにも。この村に妖狐が潜んでいると聞きまして、被害が出る前にと参りました次第です」

被害なんてないと叫びたいところだが、そんなことを口にしては妖狐がいると言っているようなものだ。

勇は手を握りしめたまま耳を傾けていた。

「妖狐、ですか？　はて、私は存じませんが……。誰か知っているか？」

「さあ？」

蘭丸の家族を受け入れている村長や村人たちが、うまくごまかしてくれるので安堵した。

「なるほど、ご存じないと」

皆の演技が功を奏しこのまま引き返してくれると思ったけれど、阿久津がにやりと意味ありげな笑みを浮かべるので背筋が凍る。

「あやかし退治は、政府からのお達しだ。それに逆らうものは反逆者として扱われるだろう」

阿久津が放ったひと言に、誰もが凍りつく。

「万が一にも、村ぐるみで妖狐を庇うようなことがあれば、この村はなくなるやも知れぬなあ」

「そんな……」

しらじらしく語る阿久津に、村長は愕然《がくぜん》としている。

「まあ、庇っておらぬなら、関係ないだろう。なあ、村長」

阿久津は顔をこわばらせる村長のもとに歩み寄り、肩をとんと叩く。口の端は上がっている一方で眼光炯々《けいけい》とした姿に、皆が震え上がった。

阿久津はまた明日来ると言い残して帰っていった。

大人たちは村長の家に集結した。話し合いは夜更けまで続く。入れてもらえなかった勇は、村長の家の外で薄い壁越しに必死に耳をそばだてた。

「かわいそうだが、差し出すしかあるまい」

「でも……」

「村がなくなってもいいのか？　反逆者として政府に捕らえられたら、一生牢《ろう》の中かもしれんのだぞ」

「やはり、知らせるしか……」

蘭丸たちを助ける手立てを考えているとばかり思っていた勇は、大人たちの声に衝撃を受けた。そんなことをしたら、蘭丸は死んでしまう。

勇は、妖狐の一族が住む社務所へと走りに走った。

薄暗い中神社に到着すると、月明かりに照らされた彼岸花が不気味でたまらない。つい先日まで蘭丸ときれいだと語り合っていたというのに、この花が不幸を呼び寄せたのではないかと悲観的にしか考えられなくなった。

「蘭丸、いる?」

ひなびた建物の玄関の戸越しに声をかける。しばらくして戸が開き、蘭丸と父が顔を出した。

「勇くんだ。こんな時間にどうしたの?」

「お、陰陽師が……」

勇がひと言発すると、父の顔色が変わる。

「陰陽師が来たのか?」

「一旦は戻っていったけど、明日また来るって」

こんなふうに彼らを逃がしたことが明るみに出れば、勇もただでは済まないかもしれない。けれど、どうしても蘭丸を見殺しにはできなかった。

「朝になったら、村長が陰陽師にここを知らせてしまう。そうでないと皆を牢に入れると脅されているんだ。逃げて。お願いだから、逃げて！」

勇が正直に打ち明けると、蘭丸がガタガタと震えだした。

「今はいないから大丈夫だよ。蘭丸。これまですごく楽しかった。また一緒に遊ぼうな」

今生の別れになるかもしれない。

勇はそう感じたけれど、必死に笑顔を作って言った。ただでさえ陰陽師が迫り恐怖を感じている蘭丸に、涙は見せたくなかったのだ。

「嫌だ。勇くんと一緒にいる」

彼はいつもにこにこ笑ってはいるものの、この家では孤独なのだ。できれば勇も一緒にいたいが、命にかかわる。

「僕も一緒がいいけど、今は逃げたほうがいい。すぐに会えるよ」

「……うん」

蘭丸は渋々納得した。

「教えてくれてありがとう。君は家に帰りなさい」

父は勇に縋《すが》る蘭丸をあっさり引きはがし、一旦社務所に入っていった。

勇がこれほど長い夜を過ごしたのは初めてだった。

布団に入っても当然眠れず、けれど、妖狐たちを陰陽師に売ると決めた大人には相談できず……。こっそり枕を濡《ぬ》らした。

今にも蒸発して消えてしまいそうな有明けの月の下、勇はもう一度神社へと向かった。陰陽師はいつやってくるかわからない。蘭丸たちが逃げていることを確認したかったのだ。

ところが……。

「蘭丸？」

いつものように無邪気な笑みを浮かべてこちらに向かってくる蘭丸を見つけ、腰が抜けそうなほど驚いた。

勇は足を速めて彼に駆け寄り膝をつく。

「ど、どうした……」

「父さまが、勇くんが呼んでるから行ってきなさいって」

「僕が？」

こんなときに呼ぶはずがない。もうとっくに逃げていると思ったのに、どうしてなのか理解できず蘭丸の肩を強く握った。

「逃げなかったの？」

「うーんと、山の奥に行ったけど、人間がいっぱいいて」

もしかしたら、一旦引いたと見せかけた陰陽師たちが、村の周囲を取り囲んでいて逃げられなかったのかもしれない。

「そっか。お父さん、それで僕が呼んでるって？」

「うん。もう大丈夫だから、たくさん遊んでおいでって。今日は池のほうに行ったらどうかなって」

「池って……」

この村には小さな池がある。落ちると危ないので子供は近寄らないように言われているが、こっそり遊びに行ったことはあった。あの池は、街から比較的近い場所にある。

「僕が遊びに行くと、にいにが助かるんだって。ねえ、助かるってどういうことかな？」

蘭丸にそう尋ねられて、勇の心に衝撃が走った。

おそらく、彼の家族は蘭丸を生贄《いけにえ》にしたのだ。陰陽師の目を蘭丸に向けておいて、その間に自分たちは逃げようと考えたに違いない。つまり、兄は助かるということだ。いや、兄だけでなく父も母も。けれどさすがに自分たちもとは言えず、兄が助かると言い聞かせたのだろう。

「そんなことって……」

怒りをこらえきれなくなった勇は、地面に思いきり拳を打ちつける。

「勇くん、痛くなっちゃうよ」

命の危機にあるというのに勇の手の心配をする蘭丸を、絶対に殺させない。

勇は蘭丸を思いきり抱きしめた。

「蘭丸。僕の弟になりなよ」

これは勇の本心だった。蘭丸に死んでこいと命じたも同様の家族のもとには返せない。自分なら絶対に大切にする。

「勇くん、大好き」

うれしそうに笑みを浮かべて蘭丸がそう言ったとき、多数の足音が聞こえてきた。

勇はとっさに蘭丸の手を引いて、近くの物置小屋に身をひそめる。

「どうしたの？」

「しーっ。怖い大人が来てるんだ」

「陰陽師？」

震えが止まらなくなった蘭丸をしっかり抱いて、様子をうかがう。

「一緒に逃げような。大丈夫だから」

蘭丸を励ましていると、村長が出てきて神社のほうを指さしている。

勇は、皆がまだ寝静まっている頃に飛び出してきてよかったとほっとした。そうでなければ、広場にいた蘭丸はあっさり陰陽師の餌食となっていただろう。

一方で、彼を生贄に差し出した家族は窮地に追いやられた。

蘭丸がそれを理解しているのかよくわからなかったが、勇は黙っておいた。蘭丸の命と引き換えに自分たちだけ助かろうとした家族を許せないのだ。

陰陽師一行は、ぞろぞろと神社のほうへと進んでいく。

「蘭丸、走れる？」

「うん。勇くんも一緒に行く？」

「そうだね。ずっと一緒だ」

勇は蘭丸を安心させたくてそう言ったあと、彼の手を引いてそっと物置小屋を出た。そして家屋の陰に隠れながら進み、神社とは別の方向にある子供たちだけが知る獣道を目指した。この道は険しいが行くしかない。

「走れ」

蘭丸を急かして駆ける。

必死に短い脚を動かしてついてくる蘭丸は、すぐに息が上がってしまったものの、勇が引っ張るとなんとかついてくる。しかし、とうとう足が動かなくなった。

「蘭丸、頑張るんだ。もう少し」

陰陽師に気づかれる前に、できるだけ遠くに行かなければと焦りに焦る。

「行くよ」

座り込みそうな蘭丸の腕を強く引いたものの、彼は完全に足を止め、村のほうを見ている。

「どうしたんだ？」

「父さまや母さま、にいには？　陰陽師、いるよ？」

「だ、大丈夫だよ」

自分が陰陽師に差し出されたとは知らない蘭丸の心配に、勇の心は張り裂けんばかりに痛む。これほど優しい蘭丸を犠牲にしようとしたのだから。

「でも……」

「本当に大丈夫だから、蘭丸は逃げよう。こっちだ」

むきになった勇が強く腕を引くと、蘭丸は抵抗して手を振り払った。手と手が離れた瞬間、蘭丸の体が傾いて倒れ、近くにあった大きな石に頭を思いきりぶつけてしまった。

「蘭丸！」

すぐに抱き上げたものの、勇の腕の中で力が抜けてしまう。

「嘘だろ。蘭丸？」

蘭丸を抱きしめた手にぬるりとした嫌な感覚があり、おそるおそる見ると赤黒い血がべったりとついていた。

「しっかりしろ！」

気を失っているようだが、幸い息はしている。しかし、頭を打った衝撃のせいか尾や耳が出ており、抱えて逃げたところですぐに見つかってしまう。

「蘭丸。ここで待ってて。僕が絶対に食い止めるから」

ここで見つからないことを祈りながら震えているより、自分は村に戻って陰陽師がこの獣道に足を踏み入れないように食い止めようと考えたのだ。

そのために蘭丸を置いていくしかないのだけが気がかりだったが、草むらの中に彼を寝かせて離れた。

「すぐに戻るから、頑張れ」

勇はうしろ髪を引かれながら、元来た道を走りだした。

川で手を洗ったあと村に戻ると、蘭丸の家族は殺されたあとだった。村人たちは一様に肩を落とし、唇を嚙みしめていた。政府や陰陽師にとってあやかしは邪魔者でも、村人たちにとっては仲間だったのだから。

勇は何食わぬ顔をして村人たちの間に入り、様子をうかがう。

「村長。妖狐は三人だけか？」

陰陽師の質問に、心臓がバクバクと大きな音を立て始める。

「は、はい。三人です」

村長が機転を利かせてそう答えたので、息が吸えた。

「この村に入るためには、我々がたどってきた街からの道と、山道があるな」

「その通りです」

「ほかには？」

このまま引き下がるほど甘くはなかったようだ。

「それ以外に、使う道はございません」

「もうひとつあるよ」

勇は思いきって口を開いた。このままでは気が済むまで探しそうだと感じ、あの獣道から意識をそらそうと考えたのだ。

「ほお、それはどこだ」

陰陽師の目が光り、体が震える。嘘を見破られた瞬間、蘭丸の命はなくなると腹に力を入れた。

「こっち。でも、すぐに行き止まりだよ」

勇はできるだけ平静を装い、案内を始めた。けれど、心臓が口から出てきそうなほどの緊張で小刻みに手が震えている。

「お前、嘘をついているだろう?」

阿久津の低い声が聞こえてきて、背筋が凍る。

「ついてないよ?」

足を止め阿久津に背を向けたまま答えると、彼は前に回り込んできてにやりと笑った。

「ならば、なぜそれほど震えている」

――震えを止めないと。蘭丸が死んでしまう。

「震えてなんて――」

「この子はまだ子供なんです。妖狐が殺されたと聞いて、平気でいられるわけがございません。私が代わりにご案内します。ですが、木こりが木を運び出すために使う道で、木を切り倒していない先へは進めませんよ」

勇の肩に手を置き、助け舟を出してくれたのは父だった。

「そう、か。それならば信じよう。もうよい。行くぞ」

阿久津は下の者に目配せすると、村を出ていった。

父に蘭丸のことをこっそり打ち明けて助けに向かったものの、たしかに寝かせたはずの場所には見当たらず、血痕だけが残っていた。

「蘭丸……。蘭丸……」

もしや動物に連れ去られてしまったのだろうか。

父としばらく周辺を捜したが見つからず、勇の慟哭《どうこく》だけが山に響いた。

◇◇◇

勇から、親友だという蘭丸と別れた当時の話を聞き、紫乃の涙腺は崩壊した。彼のおかげで蘭丸は生きていたのだ。

蘭丸の家族が彼を生贄にしようとしたなんて、あんまりだ。なんの罪もない妖狐の家族の命を奪った阿久津はもちろんのこと、蘭丸の両親にも怒りが募る。蘭丸が自分たちの子ではなかったとしてもだ。

涙があとからあとから流れてくる紫乃の肩を、左京がそっと抱く。

「あの……あなた方はなぜ蘭丸をご存じなのですか？」

阿久津はもういないとはいえ、蘭丸が生きていると明かしていいのか紫乃は戸惑った。すると先に左京が口を開く。

「私たちは蘭丸と一緒に生活している者だ」

「……い、一緒にって……蘭丸は、生き、生きて？」

興奮気味に語る勇は、混乱しているのか言葉が途切れる。

「はい。あなたのおかげで元気に」

紫乃が付け足すと、勇の顔に喜びが広がった。

「蘭丸が！　蘭丸……あぁ……」

彼は天を仰いだあと、その場に膝をつき涙を流し始めた。

とても優しい青年だ。

そう感じたのはきっと紫乃だけでなく、左京もだろう。

「蘭丸くんがけがをしたのは、あなたのせいではありません。あなたは精いっぱいのことをしてくださいました。心からお礼を申し上げます」

紫乃が頰の涙をぬぐいながら勇に頭を下げると、隣で左京も同じようにした。

「いや、助けてくれたのはあなた方なんですよね？　お礼を言うのは俺のほうだ。蘭丸に、ひと目でいいから会いたい」

勇がそう言うのは自然だ。蘭丸が目の前から消えてもなお、彼の胸には生き続けていたのだから。

「蘭丸は、そのときのけがで記憶をなくしています。おそらくあなたのことも……」

左京が真実を伝えると、勇は肩を落とす。

「……そうでしたか。だったら僕のことはいいや。あんなひどい経験を思い出させたくありません。蘭丸が幸せでいてくれたらそれで……」

蘭丸を一番に思う彼の温かい言葉に、ますます会わせてやりたくなる。

「人間とあやかしは成長の速度が違う」

「知ってます。蘭丸から聞きました」

左京の言葉に勇は即答する。そうであれば、幼い蘭丸を見ても驚きはしないだろう。

「もし……蘭丸くんが勇さんのことを覚えていなくても会いたいのであれば……」

「明日、またここに来ていただけますか？」

迷った紫乃がためらいがちに口を開くと、左京が続けた。

左京が同じ気持ちなのだとわかり、紫乃の心は躍る。

「会えるなら、もちろん。俺のことはなにも言わなくていいです。通りすがりの兄ちゃんで十分ですから、どうか蘭丸の幸せを第一に……」

ぽろぽろと涙を流す勇の優しさに胸を打たれた紫乃は、蘭丸に素敵な親友がいたことをありがたく思った。


霧の籬《まがき》が立ち込めた翌朝。

手鞠を爾々子に託して、左京と紫乃は蘭丸を連れて高尾山を出た。

「左京さま、どこ行くの？」

純白の羽を悠々と動かし、視界の悪い空を飛ぶ左京に、紫乃に抱かれた蘭丸が尋ねる。

「そうだな……少し懐かしい場所だ」

「懐かしい場所？」

記憶がないのだから懐かしいとはいかないかもしれない。それに阿久津が村を訪れたせいで、怖い場所になったはず。それでも左京がそう伝えたのは、勇との思い出を大切にしてほしかったからのような気がする。

「だが、蘭丸が嫌だったらすぐに言いなさい。高尾へ戻ろう」

「ううん。僕、楽しみ！」

この純粋さが蘭丸のいいところだが、つらい過去を思い出して笑顔が曇ったら……と紫乃は少し心配している。

とはいえ、間違いなく勇は蘭丸の唯一無二の親友であり、やはりこのまま会わせないのも間違っているように思えた。

霧が晴れ青い空が広がって来た頃、勇と待ち合わせをした墓標の前にたどりついた。するとすぐに、木の根がはびこり歩きにくい獣道を勇が駆けあがってくる。

彼の目は紫乃と手をつないだ蘭丸に釘づけになり、顔をゆがませた。

〝蘭丸だ〟と勇の口の形がたしかに動いたものの、声を発することはない。つらい記憶を掘り起こしたくないと配慮しているに違いない。

「ようこそ」

気を取り直したように笑顔になった勇は、近づいてきて蘭丸の前に膝をつき目線を合わせた。

阿久津のせいで人間嫌いになった蘭丸がどんな反応を見せるのか心配したが、きょとんとしているだけで怖がる気配はない。

「僕は蘭丸。だあれ？」

「勇と言います。木こりをしていて……これ」

勇は蘭丸に、木彫りの狐《きつね》を差し出した。尾のふさふさ感が伝わるようなその狐は、優しい顔をしている。蘭丸を想って作ったのかもしれない。

「くれるの？」

「うん、よかったら」

「わぁ、ありがとう、勇くん」

蘭丸の口から『勇くん』とするりと飛び出す。彼は紫乃たちには〝さま〟をつけるのだが、紫乃と同じ歳くらいの勇を〝くん〟と呼んだのは、もしや彼を思い出したのではないかと期待してしまう。

「蘭丸くん。手を……手を握ってもいいかな？」

涙ぐむ勇は、あの日蘭丸から離れたことをずっと後悔していたのかもしれない。彼のおかげで蘭丸は生きていられたのに。

「いい……よ?」

不思議そうに首を傾げる蘭丸だったが、素直に手を差し出している。その手をしっかり握った勇は、こらえきれなくなったのかはらりと涙をこぼした。

「どうしたの? 痛いの?」

勇の涙を見た蘭丸は「よしよし」と言いながら彼の頭を撫でている。その光景に胸の奥から熱いものが込み上げてきて紫乃の目も潤んだ。

「ありがとう。痛くないよ。蘭丸くんと会えたのがうれしくて……」

勇は蘭丸の手を自分の頬に持っていき、愛《いと》おしそうに頬ずりしている。

「あっ……」

そのとき蘭丸が小さな声を漏らしたので気になったものの、それ以降なにか言うことはなかった。

「蘭丸くん。俺と友達になってくれないかな?」

勇が思いがけないことを口にした。

別れた頃は、さほど年齢も違わなかったけれど、今は体の大きさも心の成長もまるで異なる。はたから見れば親子だと間違えられそうなくらいだ。

それでも勇は本気なのだろう。あの頃からずっと待ちわびていた友が目の前にいるのだから。

勇の想いが切なくて紫乃の頬にも涙がひと筋こぼれると、励ますように左京が腰を抱いてくれる。

「うん！　友達になる」

驚くことに、蘭丸は勇の胸に勢いよく飛びこんでいき首に手を回した。

やはり、あやかしと人間は共存できる。

斎賀の末裔として、こんな素晴らしい光景に立ち会えるとは光栄で、感動のあまり涙が止まらなくなった。

「また、会えるかな？」

「会えるよ。友達だもん」

勇を怖がるどころか慕っているようにすら見える蘭丸の笑顔に、紫乃はふたりを会わせたのは間違いではなかったと確信した。

高尾山に戻った蘭丸は、少し興奮気味に紫乃に抱きついてきた。

「どうしたの？」

「あのね……。勇くんはもう泣かないかな？　あれでよかったかなあ？」

意味ありげな言葉を紡ぐ蘭丸を不思議に思いながら、左京と目を合わせる。

「あれでよかったって、どういうこと？」

「僕、勇くんの言うことを聞かずに、村に戻ろうとしたの。それでけがをしちゃったんだよ」

「えっ……」

紫乃の鼓動が途端に速くなる。もしや、昔の記憶がよみがえったのだろうか。

「勇くんは悪くない。いつもいっぱい遊んでくれたの。僕を弟にしてくれるって。だから、ごめんねって言われるのは嫌なの」

紫乃は蘭丸を強く抱きしめた。

木彫りの狐を大切そうに握りしめる彼は、すべて思い出していたのだ。けれど、覚えていない振りをしたのだろう。――勇に謝罪させたくない一心で。

「そっか。そうだよね。勇くんには笑っていてほしいよね」

「うん！」

蘭丸が大きな声で答えると、左京が腰を折り、蘭丸と視線を合わせる。

「もう一度、友を始めればいい。何度でも会いに行こう」

紫乃から離れた蘭丸は、今度は左京の胸に飛び込んだ。

夜の帳《とばり》が下りると、窓から差し込む月の光が、絹の糸のように美しい左京の髪を輝かせる。紫乃はいつも通り、左京の膝の上。あれほど恥ずかしかったのに、今や一番落ち着く場所となった。

「斎賀家の人たちは、ああいう幸せな光景を見たくてひたすら精進してきたのでしょうね」

勇が流した涙は、彼の清廉な人柄を表していた。それなのに、長きにわたり罪悪感にさいなまれてきたのは気の毒だ。ただ、今日の蘭丸との再会で心が軽くなったのではないかと期待している。

「そうだな。斎賀一族だけでなく、多くのあやかしや人間が望む姿のはずだ。もちろん私も」

左京は猪口を口に運び、一気に酒をあおる。

「私たちがそういう世界に導けるでしょうか」

紫乃は左京の肩に頭を預けて言った。今日は甘えたい気分なのだ。

「もちろんだ。私は紫乃に出会えて、幸福を求める心地よさを知った。お前が嫌だと言っても離さぬし、もらった幸せは返すつもりだ」

「私はもう十分幸せですよ」

左京が死の淵から救い上げてくれなければ、こんな言葉を口にできなかった。彼にはもうたくさんのものをもらっている。

「まだ甘いな。私の愛はその程度ではないぞ」

左京はそう言うと、顔を近づけてきて唇を重ねる。

最初は面映ゆくて触れるたびに顔が見られなくなるほどだったが、もう一度してほしいなんて、はしたないことを考えてしまう。

「紫乃」

「はい」

「私はお前とともに生きていきたい。だから……終わらせなければと思っている」

彼はきっと、法印と対峙しようとしているのだ。あやかしと人間が平穏な時間を取り戻すには、法印の存在が大きな障害となる。

空を見上げる左京の碧い目が、月の清輝を浴びて輝く。彼のこの瞳が曇らぬよう、どんなことでもするつもりだ。ただ……。

「怖い、です」

紫乃は正直な気持ちを漏らした。

颯や旭からの知らせがなかなか届かないことに左京がやきもきしているのを、紫乃は知っている。河童の子供たちがどうなっているのか、気になって仕方がないのだろう。

もちろん紫乃も子供たちのことが気がかりで、ふとした瞬間に筑波山の方角に目が向く。

すっかり傷が癒えた爾々子は気丈に振る舞っているけれど、物思いにふけっている姿をよく見かける。

誰もが、すぐにでも助けに行きたいという気持ちでいっぱいなのだ。けれども、無《む》暗《やみ》に突っ込んでいっては、命を落とすだけなのも知っていた。

「……そうだな。私も怖い」

左京が珍しく弱音を吐くので、少し驚いた。

「紫乃に出会う前なら、なりふり構わず乗り込んでいっただろう。しかし今は、この穏やかな時間を失いたくない」

左京は紫乃を背中越しに強く抱きしめてくる。

「私はこれまで、自分にひどい仕打ちをした法印への怒りのあまり、この命と引き換えにしてでも殺めてやると思っていた。けれど今は、紫乃との未来のためにあやかしの世を平穏に導きたい」

思いを吐露する左京は、この瞬間の感情に任せて動くのではなく、ずっと先の未来を見据えている。だから今回も、すぐさま筑波山に乗り込むのではなく、颯や旭に状況を調べさせて慎重に動いているのだ。

万が一にも左京が失敗したら、ほかに法印を止められる者はおらず、多くのあやかしにとっても人間にとっても望まない明日がやってくるから。彼はそれをよく理解しているのだろう。

左京はとてつもなく大きな責任を背負い、まっとうしようとしている。ならば従うだけ。

「それにしても、愛とは厄介なものだ。私をこんなに憶病にさせる」

「左京さま……」

「だが……力も与えてくれるのだ。愛とは厄介で、心強いものらしい」

紫乃は振り向き、伸びあがって左京に口づけを求める。すると彼はうれしそうに微笑んで、優しい接吻《せっぷん》を落とした。

誓いの熱い口づけ

「左京さま！」

長い夜が明け、空に雲が広がった早朝。玄関から颯の張り詰めた声が聞こえてくる。

自室にいた左京が廊下に飛び出すと、血相を変えた颯が駆けてきた。

子供たちや爾々子と一緒に台所にいた紫乃も顔を出したが、左京が目配せすると、こちらに来ようとしていた蘭丸を止めて戻っていく。

颯の報告は、手鞠や蘭丸に聞かせる必要がないことだろう。

颯が近づいてくるにつれ、彼の着物に飛んだ血しぶきに気づき、左京の顔が険しくなった。

「どうしたのだ？　どこをけがした？」

左京の前で跪いた颯に尋ねると、彼は首を横に振った。

「私は無事ですのでご安心を」

「それでは旭か？」

気がせいて颯の肩を持ち上げた。

「いえ。先ほど旭とともに戻ってまいりましたら、この屋敷の近くに血まみれの男が倒れておりまして……」

「なんと……。それでは紫乃に治療を――」

「すでに息絶えておりました」

唇を嚙みしめる颯は、肩を落として悲しげに首を振る。

「只今《ただいま》、旭が門の外に集まっていたあやかしたちの手を借りて埋葬しております」

「なぜ血まみれに……。とにかく入りなさい」

台所まで声が届いてしまうと思った左京は颯を部屋の中へと促し、あぐらをかく。

「それで？」

「紫乃さまを慕って集まっていたあやかしたちに話を聞きましたが、争うような声を聞いた者はおりません。ただ、これ見よがしにこちらが置いてありました」

対面に座った颯は、着物の袂《たもと》から黒い羽根を取り出した。

「……法印」

「おそらくそうでしょう。別の場所で殺めて、手下にここに運ばせたのではないかと。実は筑波山で、最近河童の子供を数人見かけたというものがおりまして」

「生きているのだな？」

「おそらく、無事かと」

颯の報告を聞き、安堵のあまり大きく息を吐きだした。とにかくそれが心配だったからだ。

「ですが、血まみれで息絶えていた男が河童でして……」

「河童？　……くそっ」

左京は固く拳を握りしめた。

さらわれた子の親が、救出に向かって失敗したのではないだろうか。わざわざ高尾に運ばせたのは、早く紫乃を殺めろと禰々子を急かしているのかもしれない。

「禰々子には伏せておいてくれ」

「承知しました」

紫乃の言葉に心を動かされた彼女が再び裏切ることはないと信じたいが、念には念を入れておかなければ。

「法印の様子は？」

「禰々子が捕まった場所から近い北の屋敷に、今も潜んでいるようです。私もよく知った場所ですので、案内はお任せください」

法印は筑波山にいくつかの屋敷を構えている。そのときの気分によって住居を変えることもあるようだ。その中でも北の屋敷は険しい岩場を登った森の奥にあり、見つけにくいと聞いた。颯が『潜んでいる』という言い方をしたのはそのせいだろう。

「頼りにしている」

「はい。河童の子は筑波山の西側で目撃されていて、法印の手元にはいない可能性が高いです。法印は騒がしい子供を嫌いますから、手下に監視させ別のところに監禁しているのかと」

「それは助かった」

左京が法印を引きつけておいて、颯に救出に行かせることもできる。

「ただ……」

颯は険しい表情で言葉を濁す。

「どうした？」

「路子《みちこ》さまが、法印の傍《かたわ》らにいらっしゃるとか」

「路子が……？」

路子とは天狗の仲間で、左京が筑波山にいた頃一緒に遊んだ仲だ。左京が筑波山を出てからは、どうしているのか知る由もなかった。

「どうやら、法印の子をお産みになったそうで」

思いがけない颯の言葉に、左京は目を見開いた。

「法印の？　路子は法印を恐れていたはずだ」

路子は法印の乱暴な行為にいつも眉をひそめていた。

「存じ上げております。おそらく、法印に無理やり妻にさせられたのでしょう。法印は自分の血を引く者を後継者にしたいでしょうから」

まさか、そんなところでも犠牲者がいるとは思わなかった。

「私がもっと早く動くべきだった」

そうすれば路子もつらい思いをしなくて済んだはずだ。

「左京さま」

廊下から紫乃の声が聞こえてきて、どきりとする。いつもなら足音に気づくのに、颯の話が衝撃すぎて注意が向かなかった。

「入りなさい」

左京が促すと、紫乃は障子を開けて入ってくる。颯が横にずれようとしたが、紫乃は左京の真横に来て左京のほうを向いて正座した。

「どうしたのだ?」

「私が斎賀の血を引くことにもっと早く気づいていれば、助かった命がたくさんあったことでしょう」

なにを言いだすかと思えば。

「それは紫乃のせいではない」

「でしたら、路子さんが意に染まない出産をされたのも、左京さまのせいではございません」

「紫乃……」

どうやらすべて聞こえていたようだ。

「後悔はいくらでもできます。でも、今、私たちがすべきなのは、これからを考えることではありませんか？　私は斎賀の血を引くことを散々悩み、重い荷だと投げ出してしまいたくもなりました。ですが、左京さまのおかげで今は前を向けています。左京さまもそうでしょう？」

紫乃は優しい表情で語る。

たしかに昨晩『紫乃との未来のためにあやかしの世を平穏に導きたい』と話したばかりだ。冷静さを失っては負けてしまう。

臆病なようで実は肝が据わっており、はらはらさせる言動をするくせして一番落ち着いている。紫乃は不思議な女だ。しかし最高の伴侶だ。

「そうだったな。……颯には法印がいる北の屋敷への案内を頼みたい。私を案内したあと、河童の子たちのところに向かってくれ」

「御意」

路子を先に救い出したいが、河童の子たちは救出が遅くなればなるほど、生存の可能性が低くなっていく。劣悪な状況で閉じ込められている可能性があるからだ。待てば犠牲者が増えて後悔が増すだろう。

「私も連れていってはいただけませんか？」

紫乃がとんでもないことを言いだすので、目を瞠る。

「できぬ」

左京は即座に拒否をした。

陰陽師、阿久津のところに正面から乗り込み、呪詛返《じゅそがえ》しをすることで彼を亡き者にしたのは紫乃だ。しかし、呪詛を使わない法印にその方法はとれないし、法印が放つ羽根が刺さればひとたまりもない。

「法印と対峙できると思っているわけではございません。その、路子さんとお子さんを救えないかと」

「だめだ。許さん」

左京と颯は、法印とその手下を相手にするので精いっぱいのはずだ。しかも、路子と左京が幼なじみであることは法印も承知しており、間違いなく彼女を盾にするだろう。そんな路子を早々に救い出せれば、戦いやすくなる。かといって、これまでにない危険を伴う行為に紫乃を連れていくことはできない。

「颯。旭を呼び、紫乃と子供たちを山から下ろせ」

「どうしてですか？」

紫乃は左京の腕をつかみ食い下がってくるものの、これは譲れない。

「既に斎賀の末裔がここにいると知られている。私たちがいなければ、手下を送り込んで来るだろう。数が多ければ、旭だけで食い止めるのは不可能だ」

だったら、人間の街に戻して隠したほうがいいと考えた。

「でも！」

「紫乃や子供たちが捕まれば、私と颯は命を落とす運命になる。それでもよいのか?」

左京はわざと酷な言い方をした。路子だけでなく、紫乃や手鞠、そして蘭丸を盾にされてはまともに戦えるはずもない。紫乃はわかっているはずだ。

「そんな……」

斎賀の血が騒ぐのか、それとも紫乃自身の正義感か。彼女が明日を変える歯車になりたいと思っているのはわかるが、法印の残虐性を知っているからこそ譲れない。

「颯」

「すぐに旭を連れてまいります」

「頼んだ」

颯も左京の気持ちを察しているのだろう。紫乃を見て一瞬苦しげな顔を見せたものの、部屋を出ていった。

「左京さま、お願いです」

「これは命令だ。この屋敷では私に従ってもらう」

左京が語気を強めると、紫乃は険しい顔で歯を軋ませた。

◇◇◇

連れていくと言ってほしかった。

紫乃はそんな虚《むな》しさに包まれる一方で、高尾山から下ろすという左京の宣告を受け止めてもいた。

そもそも魅了の力を持ちながら、その力の操り方すら知らない自分が、左京と拮抗《きっこう》するほどの力の持ち主である法印に敵《かな》うはずもない。しかも、法印は左京とは違い、ためらいなく仲間を殺めるほど残酷で心ないあやかしだ。左京が言った通り、万が一にも法印に捕まり人質になれば、自分を助けようとする左京たちの命が危うい。

台所で禰々子と一緒に朝餉の支度をしていた手鞠と蘭丸に、高尾山から下りることを伝えると、ふたりは目を丸くした。

「紫乃さま、行っちゃ嫌」

蘭丸は涙を浮かべて紫乃に突進してくる。手鞠も顔をゆがめたが、泣くのはこらえているようだった。

「違うの。ふたりも一緒に行くんだよ」

「えっ？　左京さまは？」

手鞠が不思議そうに尋ねるが、すべてを話して恐怖を煽《あお》る必要はないだろう。

「左京さまと颯さんは、少し高尾山を留守にされるの。それで、私たちだけでは心配なんだって。旭さんがついていってくれるから、一緒に行こうね」

左京の判断をつらいと思ったけれど、この子たちを守らなければと気持ちを切り替える。

「それなら安心だね」

蘭丸はすぐに納得したものの、手鞠の表情は曇ったままだ。彼女は鋭い。紫乃の話に裏があると気づいているに違いない。

「承知しました。蘭丸、お支度してくるわよ」

それでも大人な対応をしてくれる手鞠に感謝する。やはり幼いふたりにやきもきさせたくはなかった。

「禰々子さん。河童の子供たちは無事なようです」

なにか動いていると悟った禰々子は、先ほどから落ち着きがない。しかし紫乃がそう伝えると、顔をくしゃくしゃにして泣き始めた。

「よかっ……よかった」

「左京さまたちが筑波山に向かわれます」

「それで山を下りられるのですね」

紫乃はうなずいて続ける。

「子供たちは法印から離れた場所にいるようです。颯さんが助けてくれるはず。ただ、法印のそばに妻と子がいるようで……」

左京は彼女をよく知っているようだった。だとしたら、見捨てられないはずだ。彼は優しいあやかしだから。

「私、筑波山に乗り込んだときに、その方を見ました」

「本当に？」

「はい。赤子を抱いておられて……。飛び立とうとしたところを法印が捕まえ、頬を激しく打ったのです。奥方さまにまで手を上げるのかと驚きましたが、もしかしたら逃げようとしていたのかも」

どうして妻にそこまでできるのか、紫乃には理解できない。同じ天狗でも、左京はあふれんばかりの愛を注いでくれるのに。

「その直後に私も見つかってしまい……奥方さまがどうされたのかまではわからないのですが」

間違いなく盾にされる。法印であれば、妻でも子でもためらいなく殺めるだろう。

禰々子は筑波山の麓で子供たちを待つと決めたようだ。

「旭。くれぐれも頼むぞ」

「承知しております」

いつもは柔和な笑みを見せる旭も、さすがに今日は緊張を漂わせている。

「紫乃。手鞠と蘭丸を頼んだ」

左京はそう言いながら、紫乃の目をまっすぐに見つめる。その強い視線から彼の覚悟が伝わってくる気がして、胸に込み上げてくるものがあった。

大事な夫が命をかけて戦いに挑みに行くと知っているのに、素直にうなずきたくない。けれど、左京は自分や子供たち、いや、この世界に平穏をもたらすために向かうのだ。笑顔で送らなければ。

紫乃は必死に口角を上げたが、視界が勝手に滲んでしまう。けれど腹に力を入れて、なんとか涙を流すのはこらえた。

「いってらっしゃいませ」

複雑な思いを呑み込み、頭を下げる。顔を上げられないでいると、左京の足が動き離れていくのがわかった。

――行ってしまう。愛する夫が、危険な場所へと……。

紫乃がゆっくり顔を上げると、風が吹いてきて左京の束ねた銀髪がふわりと空に舞った。

——泣くな。泣いては左京さまの覚悟が揺らいでしまう。

紫乃は必死に自分に言い聞かせた。

『命令だ』と冷酷に山を下りるよう指示したのは、彼の優しさだとわかっている。阿久津と対峙したときも、かろうじて呪詛返しが使えて助かっただけ。あのとき命を落としていてもおかしくなかった。

陰陽師の血を引く者としてかたをつけに行ったことは、後悔していない。けれど、紫乃の窮地を目の前で見ていた左京は、さぞかし肝を冷やしたことだろう。あんな光景、二度と見たくないと思うほどに。

けれど、本当にこれでよいのだろうか。

こらえきれなくなった涙がひと筋頬を伝うと、手鞠がそっと紫乃の手を握ってくれた。左京がどこに行くのか伝えていないけれど、重い空気を感じ取ったのだろう。励ましてくれているに違いない。

涙を拭った紫乃は、大きく息を吸い込んでから手鞠に微笑んでみせた。

「それじゃあ、私たちも行こうか。蘭丸くん、握り飯持った？」

「はぁい！」

唯一、不穏な空気に呑み込まれていない蘭丸の、無邪気で元気な返事に救われる。

いや、もしかしたら察しているのかもしれない。勇の前で演技をしたように、明るい彼を演じているのかも。手鞠も蘭丸も壮絶な経験をしているせいか、感受性が豊かなのだ。だとしたら、素直にその演技にのらせてもらおう。

紫乃は、紫乃を慕って高尾山に集まってくるあやかしたちに、少し留守にすると伝えた。

できれば早く戻って、また日常を取り戻したい。畑仕事や治療院を再開して、たくさんのあやかしを笑顔にしたいから。

「斎賀さま」

「いってらっしゃい」

「待ってるよ、待ってるよ」

「ありがとうね。留守をお願いします」

紫乃たちを麓に運ぶため、火の鳥の仲間がもうひとり来てくれて、手鞠と蘭丸を抱く。紫乃は旭に抱かれて、広い空へと舞い上がった。

これから、紫乃が育った群馬の村へと向かうのだ。いろいろ考えて、事情を知る父や母のところにいるのが一番だとそう決めた。それに、弟たちが手鞠や蘭丸のいい遊び相手になってくれそうだと期待もしている。

「旭さん。お願いがあります」

「なんでしょう」

「群馬で手鞠ちゃんと蘭丸くんを両親に託したあと、戻っていただけますか？」

「は？」

旭は紫乃の願いに驚き、すっとんきょうな声をあげた。

「市のある山に私を連れていってください」

「どうして……」

今頃左京も、この大空の冷えた空気を切り裂いて進んでいるだろう。その先に、幸福な明日があると信じて。紫乃もその気持ちは同じだ。

「私も筑波山に向かいます」

紫乃は散々悩んで、やはり筑波山に赴くという結論を出した。左京が自分のことを考えて置いていったのは理解しているし、無謀なのはわかっている。

けれどこの戦いは、決して負けられない。敗戦は、法印の天下となることと同意だからだ。左京が敗れれば、もう打つ手がなくなる。紫乃がひとりで立ち向かったところで、あっさり命を落として終わりになるだろう。あやかしも人間も、法印の恐怖に縛られて生きていくことを強いられ、これまで以上の命が散ることになる。だからこそ、今回の一戦に総力を注ぐ必要があると考えたのだ。

「それは……。それはなりません。左京さまがお認めにならなかったのでは？」

旭はひどく慌てているが当然だ。彼は紫乃たちの安全を守るように、命じられているのだから。

「左京さまはお強い。易々《やすやす》と法印に勝ちを譲るとは思っていません」

「でしたら……」

「ただひとつ、弱点があるのです。お優しいという弱点が」

だから厳しい言葉で紫乃を遠ざけたのだ。

「それはもちろん存じております。ですが……」

「法印だけなら、こんな無謀なことは致しません。ですが、法印のそばに妻と子がいるそうです」

「まさか……」

旭は紫乃の心中を察したようだ。紫乃を抱く手に力が入る。

「颯さんは、河童の子供たちを助けに行かなければなりません。つまり、左京さまだけでどうにかしなければならないのです。その妻と子に危害が加わらないよう配慮しながら法印と戦うなんて、さすがに無茶です」

それだけでかなり不利な戦いとなることは必至だ。

「でしたら、私が参ります」

「ありがとうございます。でも、私ひとりで乗り込む勇気はないんですよ。左京さまに叱られてしまいますし」

紫乃は張り詰めた空気を一掃するように努めて明るく言った。

「それで、戻ろうと？」

「はい。皆に助けてもらいます」

紫乃に毒を盛った陰陽師、竹野内の屋敷に向かったときも、阿久津と向き合ったときも、あやかしたちは力を貸してくれた。彼らまで危険にさらすのは……と一旦はその考えを呑み込んだが、左京が負けてしまえば、いやおうなしに法印に支配される。機嫌が悪ければ殺め、誰の助言も聞こうとしない。そんな法印が主となれば、いつ命を落とすのかとびくびくしながら生きていくことになる。この戦いは、彼らの明日にもつながるのだ。

とはいえ、一緒に行くことを強要するつもりはない。どんな選択をしようとも、責めるつもりはまったくないのだ。ただ、魅了の力が働いてしまうのだけが厄介で、どうすべきかわからないでいる。

「私は飛べないので、旭さんも手伝っていただけますか？」

紫乃が頼むと、旭はしばらく言葉を発しない。とんでもないお願いをしているのはわかっているので、返事を急かしはしなかった。

しばらくして、大きなため息をついた旭は、自分になにかを言い聞かせるように小さく二度うなずいてから口を開く。

「かしこまりました」

　肯定の返事に、紫乃の気持ちが上がる。

「本当ですか？　あっ、でもこれは斎賀の命令ではありませんよ。嫌なら嫌と——」

「わかっております。あとで左京さまにはしっかり絞られますから」

　紫乃の気持ちを汲《く》んでくれる彼は、同時に紫乃と子供たちを守れという左京の命に逆らうことになる。それでも運命をともにしてくれるのは、彼も信じているからではないだろうか。穏やかな明日を。

「ですが紫乃さま。私たちは紫乃さまをお守りします。それは拒否しないでください」

　つまり、命をかけて守るという宣言なのだろう。

　自分のために誰かが死ぬなんて考えたくもない。ただ、そうした最悪の状況を考えなくてはならないほど、法印は強いのだ。

「わかりました。でも、一緒に戻りますよ。高尾へ」

　守られることは拒否しないが、死なないでほしい。

　紫乃のそんな気持ちが伝わったようで、旭はかすかに笑う。

「その昔、左京さまは侍従はいらぬと申されました。ですが、颯さまがなかば無理やりあの屋敷に住み着いたのです」

　旭は唐突に過去の話を始める。

「そうだったんですね」

「はい。左京さまは颯さまをお救いになりましたが、傷が癒えたら出ていけとおっしゃっていたとか。ご存じの通り、左京さまは壮絶な経験をされていますから、誰も信じられなかったんだと思います」

左京は孤独を好むのではなく、そうならざるを得なかっただけなのだ、きっと。

「でも、そこから手鞠、蘭丸と増えて、紫乃さままで。あれほど言葉足らずだった左京さまが、最近はよくお話しになる。特に紫乃さまとご夫婦になられてからの変貌ぶりは目を瞠るものがあります。表情がお優しくなりましたし、纏う空気まで柔らかい」

たしかに、紫乃が拾われたばかりの頃より、微笑んでいることが増えた。子供たちと話す姿もよく見かけるようになったし……なにより、酔っていなくても愛をささやいてくれる。酔っているといっそう甘くなるけれど。

「私はお屋敷にお邪魔するたび、家族とはこういうものだなと思っているんです。誰ひとりとして血はつながっていなくても、たしかに家族なのです。あの光景がなくなるのは、私が嫌なのです」

「旭さん……。旭さんも家族ですよ」

「ありがとうございます」

旭はうれしそうに口の端を上げる。

彼は時折左京の屋敷を訪れるだけだが、一緒に食事をしたり子供たちと戯れたり……。家族といっても、まったく違和感がない。

皆の平穏な日常を守りたい。

紫乃は改めてそう決意した。


群馬では父や母が手鞠と蘭丸を歓迎してくれた。蘭丸が持ってきた握り飯を並んで食べた弟たちとは、すぐに打ち解けている。

「紫乃、本当に行ってしまうのかい？」

父が心配げに尋ねてくる。

両親には、左京の重要な任務についていくとだけ話してある。そうでなければ行かせてはもらえないから。

「うん。その間、ふたりをお願いします」

「こっちは心配しないで。気をつけるのよ」

母は紫乃の手をずっと握ったままで、名残惜しそうだ。

「ふたりを迎えに来るときは左京さまと一緒に来るね」

「楽しみだわ」

笑顔の母は、紫乃を強く抱きしめ、耳元でささやく。

「絶対に帰っていらっしゃい。ずっと待ってるから」

「母ちゃん……。もちろんだよ」

母は危険があると察しているのだろう。斎賀一族が背負った役割について、よく理解しているのだ。

父は旭に挨拶している。

「娘を……紫乃をどうぞよろしくお願いします」

「かしこまりました」

本当の娘として扱ってくれることがうれしい。

「父ちゃん。例の陰陽師は、左京さまが制裁してくれたの。だから、安心して」

紫乃自身が乗り込んでいったと明かしたら卒倒しそうなので、そうごまかす。

「……そうか。それじゃあ、もう左京さまと幸せになるだけだな」

「うん」

紫乃が笑顔で答えると、父は大きくうなずいた。

父から斎賀家の秘密について聞いたあと、随分悩んだし、責任の重さから逃げ出したくて苦しかった。

けれど、左京が正しいほうに導いてくれたから、今は迷いもない。自分が信じた道を歩いていくだけだ。——愛する夫とともに。

旭と市のある山に降り立つと、途端にあやかしたちに囲まれる。

「斎賀さま、いらっしゃい」

「左京さまは？」

大人からは左京を捜す声。そして子供たちからは手鞠と蘭丸を呼ぶ声が聞こえてきて、ここのあやかしたちに受け入れてもらえているのだなと感慨深い。

「皆さん、お仕事お疲れさまです。今日はお願いがあってきました」

紫乃がひときわ大きな声を張り上げると、ざわつきがぴたりと収まり全員の視線が紫乃に向く。

「なんなりと」

「斎賀さまのお願いだー。聞かねば」

やはり、魅了の力が働いている。

そう思ったものの、紫乃は口を開いた。

「左京さまが、筑波山に向かわれました」

「筑波山？」

「黒天狗がいるところだ」

「怖いねぇ」

あやかしたちは口々に語る。法印の恐ろしさは、皆もよく知っている。おそらく、以前左京や颯を守るよう命じたときも、この山からも筑波に赴いてくれた者がいるはずだ。

「黒天狗は私の命を狙っています」

紫乃がそう打ち明けると、沈黙が訪れ緊張が走る。

「斎賀さまを守れ！」

誰かがそう言ったのをきっかけに、あやかしたちが一斉に紫乃の周囲を取り囲んだ。

「紫乃さま！」

「大丈夫」

押し出される形となった旭が焦っているものの、皆味方だとわかっている。

「皆さん、ありがとう。左京さまは、好き勝手に振る舞い、たくさんの命を奪ってきた法印と決着をつけるおつもりです。私のことも守ってくださろうとしています」

左京がすでに、法印と向き合っているかもしれないと思うと気がせく。

「私たちは、あやかしの世を平和に導きたい。託児所であふれる子供たちの笑い声をずっと聞いていたいのです」

手鞠や蘭丸のような壮絶な経験をしてほしくない。食べ過ぎて動けなくなったり、無邪気にいたずらをして雷を落とされたり……そんな子供らしい天真爛漫《てんしんらんまん》な姿を見ていられたら、きっと幸せだ。

「法印のそばには妻と子がいるそうです。きっと法印は、ふたりを盾にして左京さまに攻撃を仕掛けてきます。左京さまは、ふたりを庇いながらしか動けません」

その光景を思い浮かべると、胃がキリキリと痛む。優しさが仇《あだ》になり命を落とすなんて、もってのほかだ。

「ごめんなさい。偉そうなことを言っていますが、私は左京さまを失いたくない。愛する夫を……」

涙があふれて声がかすれる。

あやかしの世の未来とか、子供たちのなんでもない日常とか、もちろん大切だし守りたい。けれど、なにより左京を死なせたくないのだ。初めて愛した……そして生涯愛すると決めた夫を。

正直な気持ちをぶつけては、自分勝手だとあきれられるかもしれない、斎賀の末裔として失格の烙印《らくいん》を捺《お》されるかもしれないとも思った。しかし、これは命がけの仕事になる。それでも賛同してくれる者だけを連れていきたい。

「私と一緒に筑波山に行って、左京さまの手助けをしてくれませんか？」

紫乃が懇願すると、すぐに声があがりだす。

「行くぞ、行くぞ！」

「左京さまをお守りするんだ」

力強い宣言に安堵する一方で、自分が持つ魅了の力の恐ろしさも目の当たりにした。その場にいるすべてのあやかしが、ためらうことなく筑波に行くと決めたからだ。

「ありがとう。でも、これは斎賀の命令ではないの。ひとつ間違えば命の危険があります。ですから、それでもという方だけ――」

「行きます」

紫乃の言葉を遮って威勢のよい声をあげたのは、ここを初めて訪れたときにけんかをして膝をけがしたあやかしだった。

「よく考えて」

魅了の力のせいで従っているなら怖い。そう思って再考を促したものの、彼は首を横に振る。

「斎賀さまは、俺たちに力を合わせて畑を作る楽しさを教えてくれました。いもの取り合いをしていた頃が恥ずかしい。斎賀さまがここに来られるまでは、皆自分さえよければそれでよかったんです。でも、一緒に汗水たらすようになったら、同じように働く仲間が気になるようになりました」

隣でうなずいているあやかしは、彼とけんかをした張本人だ。彼もまた口を開く。

「今ではこいつといつも一緒にいます。もちろんいももも半分ずつです。たまーにけんかはしますけど」

ばつの悪そうな彼は、あのときの険しい顔とはまるで違い、とにかく表情が明るい。

「もうここの皆は仲間だ。左京さまも斎賀さまもそう。仲間は助け合わなくちゃいけない。そうですよね？」

すがすがしい表情で語る彼に、胸が熱くなる。

自分はここのあやかしたちを変えることができたのだろうか。斎賀の先祖が望んだ、争わずとも済む優しい世界に導けているのだろうか。

「行くぞ、行くぞ」

「筑波の山へ」

息の合った掛け声に、紫乃の頬は自然と緩んだ。

「それでは」

紫乃は大きく息を吸い込んでから続ける。

「命を下します。各々《おのおの》自分の命を無駄にしてはなりません。危険だと思ったらすぐに引きなさい。私たちはあくまで左京さまの手助けをするのが目的。法印に戦いを挑んではなりません」

最低限の約束を大声で叫ぶ。斎賀家の末裔として。

「承知しました！」

「守るぞ、命」

それからすぐに大移動が始まった。

羽を持つあやかしは空を駆け、足の速い者は旭に抱かれて空を飛ぶ紫乃よりずっと先を行く。あやかしの姿に変化したほうが力が発揮できるようで、高尾山に来たばかりの頃の紫乃であれば気を失うような光景だった。けれど今は、皆が仲間だとわかっているので怖くない。

「さすがは紫乃さまだ。山を越えるたびに数が増えていく」

旭に言われて背後に目をやると、何百、いやひょっとしたら千を超えているのではないかと思われるようなあやかしたちがついてくる。

人間の目を避けるために、あやかしたちが住まう奥深い山脈をあえて選んで筑波へと急いだが、それが功を奏したのかもしれない。

「本当にいいのかしら……」

魅了の力の影響ではない、仲間だから助け合うのだと熱く訴えられたものの、やはり魅了の力が作用している気がして、今さらながらに怖くなる。

「もし魅了の力の影響だとしても、それでよいではありませんか。斎賀家がそうした力を持つようになったのは、我々あやかしに貢献してきたからです。斎賀一族にならば命を預けても後悔しないと思うような忠誠心が心の奥にあるのですよ。それが魅了の力なのだと思います」

「そうね。先祖には感謝しないと。そうでなければ、左京さまと夫婦にはなれなかったですし」

いろいろな運命の歯車が噛み合ったからこそ、左京の隣にいられる。

「左京さまは隠しているおつもりのようですが、紫乃さまを愛おしく思われているのがとてもわかりやすくて。でも、紫乃さまも左京さまを心から愛していらっしゃるんですね」

「はいっ？」

口の端を上げる旭が楽しそうにそんな指摘をしてくるので、顔が赤くなっていないか心配になる。

まさにその通りだから。

「斎賀さま……とあえて呼ばせていただきます。私たちあやかしのために、骨を折ってくださりありがとうございます。我が主の笑顔を取り戻してくださって……本当に、本当にありがとうございます」

「とんでもない」

そもそも命を助けられたのは紫乃のほうだ。けれど、うれしい言葉は素直に受け取っておこう。これからもっともっと、彼らの役に立つための原動力にさせてもらおう。

これから恐ろしい場所に赴くというのに、心が軽くなった。紫乃が目指す道は間違っていないと改めて確信したからだ。

「筑波山が見えてまいりました」

「あれが……。法印は北の屋敷にいると聞きました。北側に回りましょう」

「承知しました」

旭が飛ぶ方向を変えると、ついてきているあやかしたちも一斉に動いた。

◇◇◇

「左京さま。紫乃さまへのお言葉、少々きつかったのではありませんか？」

筑波山へと向かう途中。隣で羽をはばたかせる颯が苦言を呈する。

「ああ言わなければついてくるだろう？」

「たしかにそうですが」

河童の子たちは颯に任せるとして、左京ひとりで路子と赤子を巻き込まぬように戦いに挑むのは簡単ではなく、法印の手下たちまで構っていられない。そのため、紫乃が持つ魅了の力を借りて手下たちもこちら側に引き込めれば、かなり状況が好転するはずだ。

しかし、紫乃が姿を現せば、法印は確実に紫乃の命を奪いに来る。あやかしたちをも操れる彼女がいずれ自分の地位を脅かすと恐れているからだ。そして左京は、その通りになると確信している。

「颯。お前にはつらい仕事ばかり――」

「つらくはございません。私は左京さまに助けられたあの日から、左京さまを生涯守ると心に決めています。左京さまはこの戦いで絶対に命を落としませんので、私も生きていなければなりません」

颯は意気揚々と語るが、どういう意味なのかよくわからず首をひねる。

「左京さまは必ず紫乃さまのもとにお戻りになりますよね。紫乃さまに会えなくなることがなによりおつらいでしょうから、絶対に負けられませんね」

「わかったような口を利く」

左京は釘をさしたものの、その通りかもしれないと思った。

敗北はすなわち死を意味する。つまり、紫乃には永遠に会えないどころか、彼女を泣かせることになるだろう。それに、万が一左京がいなくなれば、法印と対等に戦えるあやかしはいなくなる。そうしたらきっと、紫乃は自分が矢面に立つはずだ。そんなことをさせられるわけがない。絶対に勝たなければならないし、勝つつもりだ。

「紫乃と話をしたのだ」

「お聞きしても？」

「私はこれまで法印への恨みを募らせ、命と引き換えにしても殺めると闘志を燃やしていた。しかし今は、紫乃とこれからを歩いていくために法印を仕留めるつもりだ。だから颯も――」

「承知しました。私も恨みつらみは置いておいて、私たちの未来のために全力を尽くします」

颯も左京同様、一歩間違えば法印のせいで命を落としていた。だから激しい憤りがいまだ渦巻いているだろう。けれど、彼は頭脳明晰な火の鳥だ。冷静ささえ失わなければ、策を講じるという左京とは違う形であっさり困難を乗り越えるに違いない。

「頼もしいな」

「左京さまの侍従ですから」

かつて、助けた颯を遠ざけようとしたこともあった。屋敷に住みついた彼を面倒だと思いもしたが、颯がいたからこそ助けられたことが無数にある。

法印と陰陽師、阿久津の残忍な行為のせいで、もう誰にも心を開くまいと思っていたのに、そんな左京に気づきながらそばに居続けてくれた颯には感謝ばかりだ。

「見えてきましたね」

以前、紫乃の毒を抜くために赤い実を探しに来た颯を手助けしようと筑波山に赴いたときは、南側だった。しかし今回は北側。北には岩場が多数存在していて、誰も近寄らない。隠れるのにはもってこいだ。

「法印は、北の屋敷にまだいるだろうか？」

「はい、おそらく。あそこは屋敷の裏手が断崖絶壁になっていたり、岩場が多かったり……その土地を知っている者のほうが有利に戦えます。法印が地の利を利用しないわけがありません」

長らく法印の近くにいて知り尽くしている颯の言うことに間違いはないだろう。

「法印があの屋敷に滞在しているのも、多少は敗戦を意識していることの現れでしょうね」

「敗戦を？」

「はい。法印は大口を叩いていますが、自分から離れたがっている手下だらけなのに気づいているはず。手のひら返しがある可能性をひしひしと感じていることでしょう。河童の子や路子さまを盾にしなければ、左京さまとまともに渡り合えないと実感しているのでは？」

法印は自分に統率力がないと自覚していて、少しでも自分に有利な場所を選んだというわけか。

「そうだな。長きにわたり、法印に抑圧されて鬱憤のたまった状況であれば、紫乃の魅了の力も強く働くかもしれない。そもそも筑波のあやかしたちは、法印を慕っているわけではないのだろうし」

左京は紫乃を伴わないという判断を下したが、法印は連れてくると考えているのではないだろうか。魅了の力を持つ彼女は、間違いなく大きな戦力となるからだ。

左京はまだ筑波山で暮らしていた幼少の頃を思い出していた。

左京の周りには路子をはじめ、天狗の子やほかのあやかしの子が多数おり、皆で集まっては遊んでいた。けれど思い通りにいかないとすぐに乱暴を働き、誰も彼も支配したがった法印には友はおらず、常に孤立していた。

「紫乃は常々、自分にはなにもできぬと嘆くが……」

「我々は助けられてばかりですのにね。治療院の再開を待ち望んでいるあやかしたちも多数います」

治療院を始めたばかりの頃は、待っていたと言わんばかりにあやかしたちが押し寄せてきた。その大きな波は収まっているが、一日に数名は訪れる。紫乃はその合間を縫って畑に赴いたり、手鞠や蘭丸の相手をしたりしていてかなり負担がかかっているはずなのに、以前より元気なくらいだ。やりたかった仕事に携われて、生き生きとしているというのか……。

しかし左京が高尾山を離れ紫乃を山から下ろしたため、一旦閉院した。とはいえ、彼女は再開したくてうずうずしているはずだ。

「紫乃がやりたいことを実現するためにも、現状を打破せねばならない」

左京が視線を鋭く光らせて言うと、颯は大きくうなずいた。

颯の誘導で、法印の屋敷近くの森の中に降り立った左京は、周辺を見回す。

「ほかのあやかしの気配がしないな。静かすぎて不気味なくらいだ」

「はい。私と旭が法印の居場所を特定するのに時間がかかったのはそのせいです。身の回りの世話をさせるあやかし以外は近づけないようにしているらしく……」

そういえば颯は、高尾に一度戻ってきたときに不気味なくらい静まり返っていると言っていた。

「法印は手下を信じていないのだな」

「そういうことでしょう」

「その右手奥ある屋敷に法印は潜んでいると思われます」

左京がもし隠れるのであれば、絶対に颯を連れていくだろう。

「路子もそこに？」

「おそらく。ただ、路子さまの姿を最近見た者はいないようです」

「禰々子が見かけたそうだ」

紫乃から聞いた話を打ち明けると、颯は驚いている。

「路子は逃げようとして法印に捕まってしまったらしい」

「そうでしたか……。それでは早く救わなければ危ない。法印は激高すれば誰にも手がつけられなくなります。自分に従わない者がとにかく気に食わない――」

「わかっている」

颯がそうだったのだから。路子も颯のように羽根を射られてもおかしくない。

とはいえ、跡継ぎが欲しかったのであれば、まだ無事だろう。赤子が成長するまでは母が必要だからだ。手下に育てさせることもできなくはないが、そんな重要な責務を負わせられる者がいないと思われる。法印を心から慕うあやかしなど、皆無だろうから。

「わかった。それでは河童の子たちを頼む」

いくら手下が法印を慕っていないとしても、命令に背けば自分の命がないのだから、なにか合図でもされたら河童の子たちが危険にさらされてしまう。法印のところに乗り込むと同時に保護しなければ。

「かしこまりました。彌々子に引き渡したら、すぐに戻ってまいります。左京さま……」

険しい表情で左京を見つめる颯は、勝って高尾に戻ると左京を鼓舞したくせして、内心は心配しているに違いない。

「安心しなさい。私は紫乃の笑顔を曇らせるつもりはない」

紫乃の存在がこれほど自分を奮い立たせてくれるとは思わなかった。左京にとって彼女は、愛する妻どころか、生きる原動力にもなっている。

「そうですね。早く帰って、団子をいただきましょう」

「団子か。それは楽しみだ」

「それでは」

すっきりした顔をした颯は、飛び立っていった。

左京は大きく息を吸い込んでから、屋敷のあるほうへと足を進めた。

――シュッ。

乾いた空気を切り裂くように犀利《さいり》な矢が飛んできて、左京の髪をわずかに削《そ》いだ。

いや、矢ではなく黒い羽根だ。

「法印、出てこい」

左京が告げると、彼ではなく多数の羽根が左京目がけて飛んできたため、羽をはばたかせて空気の渦を作り、すべて撥ね飛ばす。

するとその直後、法印が姿を現した。

「なにしに来た」

「なにって、お前が一番よくわかっているのではないのか？」

紫乃を殺めるために禰々子を送り込み、うまくいけば次は左京の命を奪う算段だったはず。

「そういえば左京、褒めてやろう。あの阿久津を殺《や》ったとか。兄として鼻が高いぞ。阿久津がいなくなった今、人間を支配する絶好の機会だ。陰陽師を殺めた褒美として、お前をよい位につけてやる」

にやにや笑う法印の首を今すぐに刎《は》ねたい衝動に駆られる。

その阿久津一族に左京を差し出して殺させようとした張本人が、なにを言っているのか。しかも今さら兄面《づら》など、反吐《へど》が出そうだ。

「地位などいらぬ。路子を返してくれ」

なんとか怒りを抑えて、冷静に言葉を紡ぐ。我を失っては路子と赤子の命が危ういからだ。

「ああ、お前のことが大好きな路子か。泣きながら俺の子を産んだぞ。ほら、会わせてやろう」

法印はそう言うと、草むらから女をひとり抱き上げた。艶のある長い黒髪は路子を思い起させたものの、顔までよく見えない。というのも、法印が脇に抱えた路子らしき女は、だらんと力が抜けており気を失っているからだ。

「路子になにをした」

「安心しろ。左京が来たと言ったら逃げようとしたから一発殴っただけだ。死んではおらん」

法印が路子を妻にしたのは、幼い頃に路子が左京を慕っていたからなのかもしれない。彼女はいつも左京の隣にいたがり、毎日のように顔を合わせていたのだ。

彼女に子を産ませたことが左京への当てつけだったとしたら、路子はとんでもない被害者だ。

「それにしても、斎賀の女を娶《めと》るとはお前もばかな男だ。あやかしの強靭《きょうじん》な力を継承するには、有能な天狗同士の子が必要だ。人間と天狗の間にできた軟弱な子など必要ない」

たしかに、同じ種族で、しかも本流の血統同士の間から生まれた子の能力は高い。法印も左京も腹違いではあるがそうだ。対して、人間とあやかしの夫婦というのは前例がなく、どんな子が生まれるのか、はたまた授かれるのか未知数。

しかし、有能な跡取りが欲しくて紫乃と夫婦になったわけではない。それに、もしかしたら天狗と斎賀のよいところを受け継ぎ、左京以上に強く、そして紫乃以上に気高く育つかもしれない。

「私はこの世を支配したいとは微塵《みじん》も思っていない。紫乃を妻にしたのも、純粋に好いているだけ。あやかし界を滅ぼすとしたら、法印、お前だ」

「生意気な弟だ」

法印は左京を鼻で笑いつつも、表情を曇らせる。どうやら反論が癪《しゃく》に障ったようだ。

「路子を返してもらう」

「断る」

法印がヒュッと口笛を鳴らすと、たちまちすさまじい数のあやかしに囲まれたのがわかった。

法印もばかではない。おそらく颯や旭の動きに気づいて、近くの岩陰に待機させておいたに違いない。

「あの役に立たない妻は連れてこなかったようだな」

法印が余裕を見せるのは、魅了の力が働かないからだろう。今、ここには法印への恐怖で縛られたあやかししかいない。

「紫乃が怖いのだな、お前」

「はっ？」

左京が煽ると、法印はあからさまに目をつり上げて怒りをむき出しにする。

もっと憤ればいい。この戦い、冷静さを欠いたほうが負けだ。

「私と紫乃がうらやましくて、無理やり路子に手をかけたのだろう？」

さらに煽ると、法印は完全に顔色をなくした。

「殺れ。左京を殺せ！」

野太い声で命じた法印は顔の前に手を伸ばし、その指先から左京に向けて火を放った。

◇◇◇

多くのあやかしたちを引き連れて筑波山に近づくと、北の斜面から火柱が上がったので、紫乃の顔は引きつった。

「左京さま？」

「左京さまは水を操られますが、もともと天狗は火の使い手です。おそらく法印でしょう」

旭の返事に緊張が走る。すでに戦いが始まっているのだ。

「大丈夫かしら。早く行かなくちゃ」

気がはやるものの、紫乃が行ったところであんな火柱をどうにかできるわけではない。左京は、無事だろうか。

「紫乃さま。あやかしたちに命じられたこと、覚えていらっしゃいますよね」

「ええ、そうね。落ち着かないと」

旭は紫乃が『各々自分の命を無駄にしてはなりません。危険だと思ったらすぐに引きなさい。私たちはあくまで左京さまの手助けをするのが目的。法印に戦いを挑んではなりません』と命じたことを言っているのだ。

あんな偉そうな命令をしておいて、自分が破るべきではない。

近づくにつれ、焦げ臭いにおいが鼻をつく。しかし左京が水で消したのか、森に火が広がっているようなことはなかった。

「左京さまだ」

森の木々が焼け開けた場所に、左京の純白の羽が見えた瞬間、紫乃は叫んだ。

紫乃が初めて目の当たりにした法印は、左京とは対照的に真っ黒な羽を持ち、がっしりとした大男。太い眉と通った鼻梁《びりょう》が印象的で、短くござっぱりとした髪もまた黒い。

「手下が邪魔ですね。左京さまが苦戦しておられる」

左京は、手下たちが法印に脅されて仕方なく戦っていることを知っている。だからか、水の渦を作り彼らを流して遠ざけるだけで殺めてはいないようだ。

法印だけでなく無数のあやかしたちの相手もしなければならない左京は、優位に戦っているようには見えなかった。

左京たちから少し離れた場所に降り立った紫乃は、自分の背後にいるあやかしたちのほうを向いて口を開く。

「私が命じたら、法印を囲みなさい。あの手下たちは私が説得する。危険を感じたら、即座に離れるのよ」

彼らが法印の毒牙にかかるようなことだけは避けなければ。あとは魅了の力を信じたい。

「承知！」

「旭さん、路子さんと子に注意を払ってください。隙があれば助けて」

「かしこまりました。紫乃さまは……」

「大丈夫。行きましょう」

紫乃は笑顔を作って旭を安心させたあと、覚悟を決めて足を踏み出した。

「紫乃？」

戦いの中心へと近づいていくと、左京は紫乃にすぐに気がつき目を見開いている。

慌てる左京がこちらに来ようとするので、紫乃は手で止めた。法印の注意を分散しておいたほうがいい。

「斎賀の娘も来たか。わざわざ死にに来るとはご苦労なことだな」

紫乃を鼻で笑う法印は想像以上の威圧感があり、身がすくむ。少しでも気を抜いたら、一瞬で死の世界へと葬られそうだ。

――終わらせる。私はきっとできる。

そう自分に言い聞かせた紫乃は、震えそうになる体にかつを入れて、見上げるほど大きな法印をにらんだ。

「死ぬのはあなたよ」

「ふん。左京ともども生意気だ。天下を取るのはひとりでいい。つまり、俺だ。おとなしくしていれば生かしておいてやるのに、残念だな」

うそぶく法印が、意識を失っている路子を左腕に抱えているのが見えて嫌な汗をかく。

「お前たちに路子は殺せまい」

にやにや笑みを浮かべた法印が路子の細い首をむんずとつかむので、紫乃の表情はこわばった。

赤子は法印たちの近くの草むらに寝かされている。これでは左京がまともに戦えるはずもない。妻子を盾にするなんて、最低なあやかしだ。

「斎賀の血をここで終わりにしてやる。この世のすべては俺のものだ」

紫乃は怒りをこらえつつ口を開いた。

「私は人間だ。あやかしの女がどうなろうが知ったことではない。私があやかしも人間も支配する。私の魅了の力を侮るな。あやかしなど簡単に操れる」

本当は魅了の力の使い方もその影響力もよく知らない。もちろん人間もあやかしも支配するつもりなど毛頭ないし、路子も必ず救う。

しかし紫乃は、毅然《きぜん》と言い放った。法印を焦らせたかったのだ。

大口を叩いているとわかっているが、不思議と落ち着いていられた。すぐ近くに左京がいるという安心感と、斎賀の血を引く自分なら絶対にやれるという、根拠のない自信で満たされていたのだ。

それに、斎賀の先祖たちが紫乃を守ってくれているような不思議な感覚に襲われていた。

「あっははは。魅了の力ごとき、なんの役に立つ」

法印は知らないのだろうか。皆の力を合わせれば、何倍にも、いや何百倍にもなることを。

「私の大切な仲間たちよ。力を貸して」

紫乃は空に向かって大声を張り上げた。

すると、ここに来るまでに何千にも膨れ上がったあやかしたちが、法印の周りに集結してすさまじい勢いでぐるぐると回り始める。阿久津の屋敷に乗り込んだときと同じだ。

「ばかなやつらだ。小娘の言うことなんて聞いて、命が惜しくないのか？」

「離れて！」

法印がすっと手を上げて指先に炎を宿した瞬間、紫乃は叫んだ。するとあやかしたちはあっさり引いて逃げていく。

「なんの役にも立たない腰抜けどもを連れてきても仕方なかろう」

法印はばかにするように腹を抱えて笑っているが、逃げたはずのあやかしたちがすぐに戻ってきて、同じように回り始めた。

法印はあやかしたちを振り切ろうと何度も炎を出すが、瞬時に皆逃げていく。

どれだけ法印に腰抜けだとか役立たずだとか罵られようとも、紫乃の言葉を忠実に遂行しているのだ。

冷静というよりは、これが魅了の力なのかもしれない。

仲間のあやかしたちが奮闘する間に、左京は流されたものの戻ってきた法印の手下たちを、再び水で追い払う。殺められない以上、きりがない。

あやかしたちの攪乱《かくらん》に次第にいら立ち始めた法印は、腰に差してあった羽団扇《はうちわ》を手にしてひと振りした。すると炎の壁ができて、たちまち周囲の木が燃え始める。あやかしたちは当然、法印に近づけなくなった。

「熱い……」

想像をはるかに超えた法印の能力に、紫乃は思わずあとずさった。直接火の粉がかかったわけではないのに、焼けてしまいそうなほど熱いのだ。

――負けてはだめ。踏ん張りなさい。

そう自分に言い聞かせて足に力を込めたそのとき、左京が放った大量の水のおかげで、一瞬にして炎が消えた。

「天狗の火を操る能力は、誰かを苦しめるためのものでも、支配するためのものでもない。私はその力を失ったが、今となってはよかったと思っている。水の力があれば、大切な仲間を傷つけることなく守れるからな」

怒りを纏った左京の声が聞こえてきたとき、紫乃は気づいた。斎賀一族は、かろうじて自分の身を護《まも》るための呪詛返しができるだけ。その斎賀の一員である澪《みお》に助けられたときに、羽が白く髪が銀色に変化した左京の能力は、攻撃性の高い火から、護る力の強い水に変わったのではないかと。

戦乱の地の真っただ中にいるのに、紫乃の気持ちは落ち着いた。

左京が言うように、大切な仲間を守るために授かった力を、いかんなく発揮してみせる。

「筑波山のあやかしたちよ。私の話に耳を傾けなさい。あなたたちは今、自分が望んでいることをしているのか。私につけば、あなたたちの命は保証しよう。私たちはただ平穏な日常が欲しいだけ」

先ほどから、左京に向かっていくあやかしの足が止まり始めている気がして、問いかける。すでに魅了の力が働いているのではないかと思ったのだ。

そのとき、山に別の声が響いた。

「目を覚ますのだ。法印の支配に希望などない」

紫乃に続いて筑波山のあやかしたちに訴えかけたのは、颯だ。河童の子たちを救い出して爾々子に預け、戻ってきたのだ。

岩場の上に立つ彼は続ける。

「私は従順な侍従ではなかったが、心を砕いて仕えていたつもりだ。それでも法印は、なんのためらいもなく私に羽根を放った。ましてやお前たちは、ただの捨て駒。指令に従ったところで、死しか待っていない」

一番近くで法印を見ていた颯の言葉には重みがある。周囲は静まり返り、誰もが彼の話に耳を傾けていた。

「しっぽを巻いて逃げた腰抜けが、黙れ」

そう言い捨てる法印が颯をギロリとにらむが、颯は動じない。

「私を救ってくださったのが、左京さまと斎賀さまだ。おかげで、私は私らしく生きている。皆もおふたりを信じろ」

『私はあなたたちとともに生きたい。笑い合って暮らせる明日を作りたい』

紫乃は心の中で強く念じる。

「斎賀さまのお願いだ」

「もう争いは嫌だ」

「生きるぞ」

たちまちそんな声があがり始め、攻撃の矛先が左京から法印へと変わっていく。颯が口添えしてくれたとはいえ、魅了の力の効果のすさまじさに、語りかけた紫乃自身が驚いた。

これが、斎賀一族があやかしと人間のために働き続けた成果なのだろう。紫乃は、あれほど重くて投げ出したかった斎賀の末裔としての責任を、今は誇らしいとさえ思う。

「斎賀のたわごとなど放っておけ」

鋭い目をした法印が先ほどまで味方だったはずのあやかしたちを牽制するも、誰も方向を変えない。そのうち、紫乃が連れてきたあやかしたちの輪に加わって、法印の周囲に数えきれないほどのあやかしたちが集結した。

ある者は法印の目線を飛び交い、ある者はすさまじい速さで周りを駆け、法印の目を攪乱する。彼らが邪魔な法印は羽団扇を扇《あお》いで火の海を作るも、一斉に引いて逃げる。その統率の取れた様は、見事としか言いようがなかった。

もはや法印の指令に耳を傾ける者など皆無だ。

「法印。お前はもう終わりだ」

「うるさい。なにをしている、左京を殺れ！」

法印は叫んだものの、誰ひとりとして応じない。

「お前たち、死にたいのか？」

恐怖で支配され続けてきたあやかしの中には、法印のそのひと言にひるむ者もいたけれど、左京を攻撃しようとする者はいなかった。

「私たちは決して誰も殺めない」

紫乃が高らかに宣言すると、再び全員の目が法印へと向いた。

「皆殺しにしてやる」

殺気立つ法印が鼻息荒く地に響くような低い声で憤ると、危険を察したあやかしたちが一斉に引く。

左京はあやかしたちが時間を稼ぐ間にすさまじく大きな水の珠《たま》を作り、法印に向かって放った。法印は対抗すべく羽団扇をぶうんと振って火を放つ。

目の前でそれらふたつがぶつかり、たちまち両者ともに消滅する。相打ちかと思われた瞬間、地に寝かされていた赤子を抱いた旭が空高く舞い上がっていった。それに気を取られた法印の腕から、今度は颯が路子をあっさり救い出す。

左京の狙いは、法印を攻撃することではなく気をそらすことだったのだ。

三人はまさに阿吽《あうん》の呼吸で、見事な連携技を見せた。法印と足並みそろわぬ手下たちとは対照的だ。

「くそっ」

眉を上げ怒りをむき出しにする法印は、下品な舌打ちをして紫乃をにらみつける。

まるですべての元凶が紫乃だと言わんばかりの憎悪が込められたその視線にひるみそうになったものの、自分には味方がたくさんいると心を落ち着けた。

「恐怖で支配した絆など脆《もろ》いもの。あなたが今までしてきたことは、決して許されない」

腹違いの弟である左京を阿久津に差し出し、右腕として働いていた颯を殺めようとし、妻や子までも戦いの盾にしようとする。

紫乃は左京の胸のひどい傷痕を思い浮かべながら、語気を強めた。

あきれたような目つきで紫乃を射る法印は、攻撃の矛先を紫乃に変えてくる。紫乃を亡き者にして魅了の力が解除されれば、寝返ったあやかしたちが戻ってくると思っているのかもしれない。しかし、おそらく二度と法印に従うことはないだろう。

「ほざくな！　邪魔だ」

我を失った法印が、怒りで目を血走らせて紫乃に向かって炎を放った。紫乃はとっさに転がって逃げたものの、近くの木は燃え、顔が引きつる。

燃え尽きて倒れ込んできた木をよけようと一歩あとずさると、足元の崖が崩れて体が宙を舞った。

「紫乃！」

『左京さま！』

そのまま深い谷底に落ちることを覚悟して、心の中で左京の名を叫びギュッと目を閉じたが、ふわりと抱きとめられた。左京が飛んで助けに来てくれたのだ。

「大丈夫か」

「は、はい。すみません」

戦いの援護はしても、決して邪魔をしてはいけなかったのに情けない。

「来てくれてありがとう」

左京は紫乃を責めることなく地上へと舞い戻り紫乃を下ろすと、守るようにその前に立つ。それを待ち構えていたかのように法印の鋭い羽根が何本も飛んできて、左京は羽をはばたかせて応戦した。しかし紫乃を庇ったせいか腕に一本突き刺さり、紫乃は顔を青ざめさせる。彼の腕から血が滴るのが見えて、背筋が凍った。

「左京さま？」

「大丈夫だ。颯！」

　左京が命じると、紫乃のところに飛んできた颯が、抱えてその場から遠ざけてくれた。その直後、再び法印が放った無数の羽根に左京は応戦しているが、腕のけがが影響したのか一瞬遅れて、胸の付近に羽根が刺さったのが見えた。

「さ、左京さまがおけがを……。私のせいだわ……」

　筑波山のあやかしたちをこちら側に引き入れることに成功した一方で、自分のせいで左京が傷ついたと絶望的な気持ちになる。

「左京さまは絶対に紫乃さまのせいだとは思われていません。紫乃さまが手を貸してくださったから、路子さまと子を救えたのです。それに、左京さまは絶対に大丈夫です」

　颯は引き締まった表情で訴えてくる。

「紫乃、あやかしたちを退避させろ。あとは私が」

　左京の声が耳に届く。

　守るべきあやかしたちがそばにいては、左京は全力での攻撃ができない。自分以外の誰が死のうとも気にしない法印に有利になってしまう。そのため、退避させようとしているのだろう。

　凛々しい声で言う左京の口の端からもわずかに血が流れているのに気づいて、彼を失うのではないかと恐ろしくて体が震えた。しかし、今踏ん張らなくては、自分と左京が望む明日は永遠にやってこないと腹を括《くく》る。

「あやかしたちよ。全員引きなさい！」

紫乃の渾身の叫びが筑波の山に響き渡った。

「斎賀さまのご命令だ」

「逃げるぞ、逃げるぞ」

すさまじい数のあやかしたちが、目にもとまらぬ速さで四方八方に散っていく。

その様子を見届けた左京は、胸に突き刺さった羽根を抜く。

「紫乃さま。こちらへ」

紫乃が地に降りたところに旭が飛んできて、護衛を颯と交代した。颯はすぐさま法印へと向かっていく。

「左京さま、颯さん……」

旭に促されて岩陰に隠れた紫乃は、顔の前で手を合わせてふたりの無事をひたすら祈る。

「法印。お前のことは決して許さぬ。命をもって償え」

左京が叫ぶ。

これは、左京を助けようとして無残に命を落とした彼の母、そして、みずからのことしか頭になく放縦《ほうじゅう》をきわめる法印のせいで、本来死ぬ必要のなかったあやかしたちの叫びでもある。

「理不尽にお前に命を奪われた者の怒りをしかと受け止めよ」

眼光鋭い左京は、激しい憤りをあらわにして大量の、そしてすさまじい圧のある水を放った。それは、まっすぐに法印に向かっていく。

「白天狗など、我が一族の恥さらしでしかないのに、まだわからぬのか！」

法印も負けじと言い返し、羽団扇で火の盾を作り水をふさぎとめた。

目前で水と火、そして羽根の応酬が続き、白と黒の羽根が無数に散る。

左京が放った水の珠が法印を包み込んだ瞬間、法印は炎でそれを破ったが、頭上から颯が急降下していき、法印の脳天に拳を叩き込んだ。

「あなたの弱点は、冷静さを失うことだ。私がいるのを忘れたか？」

法印が頭から血を流して膝をつき、颯が法印を煽って視線を自分に向けさせたそのとき、左京が純白の羽根を放ち、法印の額を貫いた。

「せっかく颯が忠告してくれたのにな。今度は私がいるのを忘れたか」

左京が言い放った直後、ドォンという轟音《ごうおん》とともに口から血を噴き出した法印が仰《あお》向《む》けに倒れて動かなくなった。

「終わった、の？」

恐怖と緊張から解き放たれた紫乃の瞳は潤み、たちまち視界が滲む。

「さ……左京さま」

勢いよく駆け出した紫乃は、左京のもとへと急いだ。笑顔で迎えてくれると思った彼が、その場に突っ伏してしまったので、心臓が早鐘を打ち始める。

左京を仰向けにして抱きかかえると、想像していたよりずっと多量の血で着物が濡れていて、衝撃を覚えた。

「嫌……嫌です。左京さま！」

左京の大きな体を揺さぶり必死に声をかけると、彼はうっすらと目を開く。

「……紫乃」

紫乃はゆっくり上がっていく彼の手を握り、自分の頬に押し当てる。するとべっとりと血がついてしまったが、この温《ぬく》もりを離したくなかった。

「左京さま……」

我慢しているつもりなのに、涙が頬を伝う。

竹野内に毒を飲まされたときより、ずっと怖いのだ。大切な左京を失うかもしれないことが。

「泣く、な。わ……私は紫乃、とともに生きるため……ゴホッ」

咳《せ》き込んだ左京の口から鮮血が滴り、紫乃は激しく首を横に振った。

「もうしゃべらないで」

紫乃がそう伝えたのに、息を荒らげる左京の口は再び動きだす。

「……とも、に生きる……ためにここに来た。死ぬわけには……」

「えっ……左京さま？」

左京の全身から力が抜け、紫乃は目を見開いた。

「お気をたしかに」

「左京さま！」

颯と旭も目を丸くして叫ぶも、左京は目を閉じたまま動かない。

「どうして……。嫌……」

紫乃は激しくうろたえ、左京を強く抱きしめた。すると、彼の鼓動がかすかに耳に届く。

生きている。左京はまだ生きている。死なせるわけにはいかない。左京の言う通り、明日をふたりで歩むためにここに来たのだ。

気持ちを切り替えた紫乃は、左京をその場に寝かせ、颯と旭に向かって口を開く。

「私が必ず助けます。手伝ってください」

「もちろんです」

颯は力強くうなずいた。

自分が救えなければ、左京の命はここで尽きる。ようやく穏やかな日常を手に入れたのに、そこに左京がいないなんてありえない。

滞りがやったのだから、きっと自分にもできる。

緊張で指先が冷たくなるのに気づいていたけれど、そう自分を鼓舞して気合を入れる。

左京の着物の襟元を開くと、以前の傷に重なるように深い傷ができており、心臓が打つたびに血が噴き出してくる。

――怖い。

自分の手に、愛する者の命がかかっていると思うと、震えそうになる。けれど、やらねば彼と誓った平穏な明日は永遠にやってこない。

紫乃は自分の着物の裾を引き裂き傷にあてると、強く念じ始めた。

――お願い。左京さまの傷を癒やして。この血を止めて。

体の奥が熱くなり、それが徐々に指先に移ってくるのがわかる。

――大丈夫。私はやれる。

そう自分に言い聞かせたものの、傷を押さえる指の隙間から血が流れだしたのに気づいてひるむ。

ほかのあやかしなら冷静になれるのに、助ける相手が左京だと思うと恐怖が先立ってしまい集中できない。

「紫乃さま。ご安心ください。左京さまはずっと紫乃さまと一緒です。そうお約束されたのではありませんか？」

紫乃の動揺を見抜いた颯が声をかけてくれる。

左京に命を救われ、長きにわたり仕えてきた彼も冷静ではいられないだろうに、優しい笑みまで添える。紫乃を落ち着かせようとしているのがありありとわかった。

旭は紫乃を励ますように、大きな手を左京の胸の上の紫乃の手に重ねる。それを見た颯も、同じようにした。

「そうよね。左京さまは私を置いて逝ったりしないわ」

改めて大きく息を吸い気を引き締めると、もう一度念じ始める。

――左京さまは、必要なあやかしなの。この世界にも、私にも。彼に生きていてほしいの。

「左京さまの傷を治しなさい」

紫乃が強い口調で自分に命じると、体の奥底からすさまじい力がみなぎってきて、燃えるように熱くなる。その熱は紫乃の指先を通して、左京の体へと注がれていった。

「……紫乃」

それからどれくらい経っただろう。

かすかに自分の名を呼ぶ声が聞こえた気がして、紫乃は閉じていた目を開いた。

「紫乃」

「左京さま……。ああ……」

意識のなかった左京の小さな声がたしかに聞こえてきて、紫乃は感激のあまり左京にしがみつき袖が絞れるほど涙に暮れた。

左京はゆっくりまぶたを開いたものの、まだ意識が朦朧《もうろう》としているようで焦点が定まらない。それでも、生きていると確認できて胸がいっぱいだった。

「私はここにおります」

紫乃が左京の手を握って訴えると、彼はほんのり口の端を上げる。自分の声が届いているのだと感涙が止まらなくなった。

「左京さまがいないと私……」

もう生きていけない。

改めて左京の存在の大きさを感じる。

紫乃の気持ちが届いたのか、左京はかすかに微笑んだ。その表情が優しくて、まるで『心配するな』と言っているように見える。

苦しいのか再び目を閉じてしまった左京の唇が動いている。なにか話したそうだけれど聞こえない。

「どうされましたか？　おつらいですか？」

紫乃は焦って彼の口元に耳を近づけた。

「好き、だ」

「えっ……？」

予想外の愛のささやきに、これは幻聴ではないかと疑う。しかし、表情を緩めた左京は、紫乃の首のうしろに手を添えて引き寄せ、唇を重ねた。

◇◇◇

紫乃が何千ものあやかしたちを引き連れて姿を現したとき、ひどく驚いた。

荒くれ者の法印の前に立たせたくなどない。法印は禰々子を高尾に送り込んで始末しようとするほど、魅了の力を持つ紫乃を恐れているのだ。当然、殺すつもりだろう。

そしてそれを紫乃自身が一番よくわかっているはずだ。

それなのにみずから先頭に立って乗り込んでくるのは、きっと紫乃の正義感が強いせいだ。

高尾山から下ろし、法印の目の届かないところに紫乃をかくまえという左京の指示に背いた旭は、彼女の熱い気持ちにほだされたに違いない。

旭が左京の下命に従わなかったことなどこれまで一度もなく、彼も命がけの行動なのだと感じた。なぜなら、左京の指示に背いた以上、体を張って紫乃を守るつもりだろうからだ。

左京は紫乃を危険にさらしたくなどなかった。

しかし、路子と赤子を傷つけぬように救わなければならないうえ、たいした力は持たぬとはいえ、多数の法印の手下たちにも気を配るのは簡単ではなく、手下たちをこちら側に引き入れてもらえたら負担がぐんと減る。法印が筑波のあやかしたちに左京への攻撃を命じながら、いざとなったら盾にするつもりなのは明白だからだ。法印にとって彼らの命など、空気よりも軽いものなのだ。

長い間法印の支配のもとで動いていた筑波山のあやかしたちは、法印に反旗を翻せば命がないとわかっている。そんな彼らの心を動かせるのは、魅了の力を持つ紫乃ただひとり。

筑波山に降り立った紫乃は凜々しい表情をしており、左京の膝の上で頬を赤らめる姿の片鱗《へんりん》もない。

紫乃とともにやってきた、左京ですら見たことがないほどの数のあやかしたちは、彼女から指令が下るのを今か今かと待ち構えている。

法印に煽られた紫乃は、落ち着き払った声で叫んだ。

『私は人間だ。あやかしの女がどうなろうが知ったことではない。私があやかしも人間も支配する。私の魅了の力を侮るな。あやかしなど簡単に操れる』

これは一見冷酷なようで、しかし命をかけた嘘だった。

魅了の力が働いているうえ、これまで紫乃とかかわってきたあやかしたちは、彼女が自分たちを見捨てるわけがないと知っている。支配するつもりなど微塵もないことを。

だからか、近くにいるあやかしたちはまったく動じておらず、左京はあやかしたちの紫乃への信頼の厚さを思い知った。

左京はそんな彼女の夫であることが誇らしい。

魅了の力の操り方など知らぬ紫乃だけれど、彼女の言葉はあやかしたちをいとも簡単に動かす。その統率の取れたさまは圧巻で、引くべきときは引く光景を見ていると、彼女が命を落としてはならぬと命じているのだと思われた。

もちろん左京も、その命令に従うつもりだ。紫乃と、そしてほかのあやかしたちと、心安らぐ明日を歩いていきたい。

本来敵であるはずの陰陽師。その末裔の言葉に従うあやかしたちを見ていると、紫乃が希《こいねが》う人間とあやかしの共存は、それほど難しいことではないように感じる。決して、うたかたの夢などではないと。

最初は戸惑いを見せていた筑波のあやかしたちも、颯の口添えもありほぼすべての者が紫乃の言葉に従うようになった。

これぞ斎賀の力だ。いや、紫乃の誠実な心が彼らを動かしたのだ。

法印は路子や赤子、はたまた手下たちを盾にすれば優位に戦えると思っていただろうが、左京には紫乃が連れてきてくれた無数の仲間と、左京の心を阿吽の呼吸で読む有能な侍従の颯、そして旭がいる。

左京は彼らを信じて法印に挑んだ。

路子と赤子を取り返したあとは、本格的な反撃に入るはずだった。しかし、自分を守る者がいなくなったと悟った法印が紫乃を攻撃し始めたため、とっさに助けに向かうも、不覚にも鋭い羽根に胸を貫かれてしまった。

――これは、まずい……。

左京がそう悟ったのは、陰陽師、阿久津にえぐられて死の淵をさまよったときと同じ場所を負傷したからだ。

羽根の一本や二本刺さったところでなんともないが、ここだけは別。澪がなんとか塞いでくれた傷はいまだ脆弱《ぜいじゃく》で、致命傷になりかねない。

しかし、紫乃のことは必ず守ると羽根を抜き法印と対峙した。

水と火の応酬はこれまでにないほど激しく、左京も法印も息が上がる。特に胸の傷から血が噴き出している左京は、自分の力が長くはもたないことを悟っていた。しかし、負ける気はまったくしなかった。左京には頼もしい仲間がいるからだ。

「終わっ……た」

颯が法印の脳天に拳を打ち込み、左京の放った羽根が法印の額に刺さる。直後、法印が口から血を吐いてその場に倒れたことまでは鮮明に覚えている。しかし、その後の記憶がぷつりと途絶えた。


ふと気がつくと、周囲が暗い。窓から差し込む月の柔らかな光が少々まぶしいほどだ。

隣に気配を感じて目を向けると、紫乃が穏やかな寝息を立てていた。

――帰ってきたのか、高尾に。

左京は自分の胸に手を当て、生きていることのありがたみを感じる。

法印の羽根に過去の傷をえぐられて多量の血が噴き出し、死を覚悟した。しかし同時に必ず生きるとも強く思った。

おそらく、紫乃が助けてくれたのだろう。二度も斎賀一族に助けられるとは。

澪に命を救われたあと、生きなければならないという義務と惰性で生きていた左京だったが、紫乃に出会いその思いは変化した。

この先、みっともなく生にしがみついてでも、紫乃とそして仲間たちと笑い合いながら歩いていきたい。

「ん……」

紫乃の口からため息が漏れ、眉間にしわが寄る。悪い夢でも見ているのだろうか。彼女が柳眉を逆立てる姿は凛々しいが、もうあのような顔はさせたくない。子供たちと戯れているときの優しい表情がやはり一番美しいからだ。

頰にかかった髪をそっとよけてやると、彼女のまぶたがゆっくり開いていった。

「左京さま！」

目を真ん丸にして跳ね起きた紫乃は、次第にその表情が柔らかくなる。

「お気づきになったのですね」

「ああ。紫乃が助けてくれたのだろう？」

左京も起き上がって問うと、彼女は目を弓なりに細めてうなずいた。

「私、やっぱり斎賀の血を引いていてよかったです。だって……」

紫乃が突然声を震わせるのでひどく焦る。

「紫乃？」

「どこにも行かないでください。ずっと一緒だと約束――」

「行くものか。私の居場所は紫乃の隣だ」

大粒の涙を流し始めた紫乃を抱きしめ、耳元でささやく。すると、左京の背に回った紫乃の手に力がこもった。

紫乃の体温を感じながら幸せを貪る。

左京はずっと忘れていた母との穏やかな生活を思い出していた。

あの頃は、路子をはじめとした同じくらいの歳のあやかしたちと、毎日筑波の山を駆け回って遊んでいた。石でも木の枝でもなんでも遊び道具になったし、笑い声が絶えなかった。

自分が邪魔者だと気づいていなかったあの頃は、絶望という言葉すら知らず、ただ明日が来るのが待ち遠しかった。

再びあの頃のような希望に満ちあふれた未来を望めるのだと、感慨深い。しかもそこに最愛の妻がいてくれるなんて、なんと贅沢なのだろう。

「紫乃」

彼女の長い髪を撫でながら名を呼ぶと、左京と少し距離を取った彼女は泣きながら笑う。

「ここが痛いな」

左京が胸に手を置いて言うと、紫乃ははっとしている。

「まだ無理をされては……お休みに――」

「紫乃のことを考えると、ここが締めつけられる」

「えっ？」

紫乃の頬を両手で包み込みまっすぐ見つめると、彼女は瞬きを繰り返している。その透き通った瞳にずっと映っていたい。

「これが愛というものなのだろうな」

「左京さま……。私も胸が苦しいです」

どちらからともなく重なった唇は、最高の幸せを運んできた。


深縹《こきはなだ》色の空を照らし始めたまばゆい太陽の光が遠くの山々まで浸透して、赤や黄色に染まった木々の葉を鮮やかに浮かび上がらせる。

窓からそれを見ていた左京の頬は自然と緩んだ。

厳しい冬がやってくると、この美しい光景は見えなくなる。葉を落とした枝ばかりの山はもの寂しくもあるけれど、春になり一斉に芽吹くための力を蓄えていると思えば、微笑ましくもあった。葉を失った木々は、決して終わってなどいないのだ。

誰しも、順風満帆な一生を送れるとは限らない。二度も命を落としそうになった左京もそうだが、毒を盛られた紫乃もそう。

絶望の底を知るとなにも信じられなくなり、気力を失う。漆黒の闇に放り出されて目を凝らすことも忘れ、希望を探すことすらしなくなるものだ。

けれど足元を照らす月の光に気づいたとき、明るい世界があるのかもしれないという期待が生まれる。

左京は、その月の光のような存在になりたいと最近は思っている。

左京にとって紫乃がそうなのだ。彼女は暗闇をさまようだけで光を見ようともしなかった左京に、いつか朝日が昇ることを思い出させてくれた。そして今、左京は温かな太陽の光を一身に受け、再び生への渇望を大きく膨らませている。

「左京さま、どうかされましたか？」

黙って遠くの景色を堪能していたからか、隣にやってきた紫乃が不思議そうに尋ねてくる。まだ結っていない髪が頬にかかっていたため除《よ》けてやると、彼女は少し照れくさそうに微笑んだ。

「冬のあとには、春が来るのだなと思っていただけだ」

胸の内をうまく説明できそうになく、実に大雑把に話す。すると彼女は言葉を端折《はしょ》っていると気づいているのか、くすくす笑っていた。

「もちろんですよ。春になるとおいしい野菜がたくさん食べられます」

「紫乃は食い気ばかりだな」

左京はそんなふうに茶化した。しかし、おいしいものが食べられると心を弾ませていられるのは、この世界が安らかである証《あかし》だ。

「だって、左京さまと一緒に食べられるお食事は、格別においしいんですもの」

紫乃の言葉は、左京の心をたちまち躍らせる。

「そうだな。紫乃がいてくれれば、ナナカマドの実もうまいかもしれぬ」

「それはやめておかれたほうが……」

蘭丸が颯に食べさせようとしていたナナカマドを持ち出すと、紫乃はおかしそうに白い歯を見せた。

ふたりで茶の間に顔を出すと、朝餉の準備を手伝っていた手鞠と蘭丸が左京に気づいて、一目散に駆けてきた。

「左京さまあ！」

腰を折った左京の胸に遠慮なしに飛び込んでくるのは、涙目の蘭丸だ。

「ちょっと。左京さまは病み上がりなのよ？　そんなひどくしたら……」

母のように蘭丸を叱る手鞠は傍らに来たものの、もじもじしている。

「大丈夫だ、手鞠。来なさい」

左京が右手を広げると、途端に顔をゆがめた手鞠も飛び込んできた。

「心配をかけたな」

どうやら左京は丸三日意識を失っていたようだ。筑波山から颯が運んでくれたらしいが、その間の記憶がない。ふたりは目覚めない左京を心配していたのだろう。

「左京さま、死んじゃ嫌あ」

いつもは明るい蘭丸が、嗚咽《おえつ》を漏らしながら叫ぶ。手鞠の体も小刻みに震えており、泣いているのがわかった。

「私は死なない。お前たちと一緒にいたいからな」

ふたりを拾ってから、決してうまくかかわれていたわけではないだろうに。言葉が足りないせいで随分びくびくもさせたはず。それなのに、母のような紫乃だけでなく自分のこともこれほど気にかけてくれているとは思わず、胸が熱くなる。

「うん」

「はい」

ふたりの返事はそれぞれ違うが、左京にしがみつく力の強さは同じ。

子供たちのことも、この先ずっと守らなければと心に誓った。

「もう法印はいなくなった。あやかしを敵対視する陰陽師もだ。これからは、正治にも勇にも、もっと会いに行ける」

彼女たちの心の傷は、簡単に癒えることはないだろう。けれど、楽しい記憶で上書きはできる。紫乃と結ばれて、阿久津に殺されそうになったときのあの忌まわしい記憶が薄れているように。

「本当ですか？」

たちまちふたりの目が輝き、紫乃と一緒に目指してきたあやかしと人間の共存は、間違いではなかったと確信した。

それから颯も一緒に朝餉の時間となった。白米にニジマスの塩焼き、紫乃も食べられるようになった、なすの味噌汁が今朝の献立だ。

「朝からこれほど大きなニジマスとは、贅沢だな」

左京がなにげなく漏らすと、向かいに座る颯が食べる手を止めて語りだす。

「禰々子が届けてくれたのです。これから河童の仲間が魚をごちそうしてくださるそうですよ。左京さまと紫乃さまには頭が上がらないと」

「そうか」

紫乃に許された禰々子は、この先河童の頭領として仲間を正しい道へと導くだろう。

「おいももたーくさんあるんだよ」

頬にご飯粒をつけた蘭丸が、満面の笑みを浮かべて話す。

「いも？」

「はい。紫乃さまに会いたいというあやかしが増えましまして、その貢物と申しますか」

「おいもご飯がたくさんできます。蒸かしいもも」

「ほんと？」

颯に続いた手鞠は、いつも平然としている彼女には珍しく頬が緩みっぱなしだ。ほんのり甘いさつまいもが大好物だからだろう。

それにしても、貢物とは。さすがは我が妻だ。

「皆、左京さまと紫乃さまの熱い口づけに感激しておりまして」

「口づけ？」

颯が聞き捨てならぬ言葉を吐くので、目を見開いた。

「覚えていらっしゃらないのですか？　筑波で意識を取り戻された左京さまが、紫乃さまを抱き寄せて口――」

「颯さん、もうその話は……」

颯を止めた隣の紫乃が頬を赤く染めている。

どうやら虚言でも勝手な妄想でもなさそうだ。

あからさまに言われては、左京も少々ばつが悪く目が泳いでしまう。

「左京さま、お耳が赤いです」

ご飯を豪快に口の中に放り入れごくんと飲み込んだ蘭丸が、まったく悪気なく指摘してくる。

「余計なことは言わずともよい」

自覚のある左京は、慌てたのもあり強い言葉でたしなめてしまった。

「ごめんなさい」

「いや……」

言葉が足りず散々怖がらせてきたことを反省したばかりなのに、照れくさかったと明かすこと自体が照れくさい。

左京が言葉を詰まらせると、含み笑いをしている颯が口を開く。

「蘭丸。左京さまは恥ずかしがっておいでなのだよ。耳がお赤いのは本当だから」

「颯！」

左京がピリッとした声で颯をたしなめると、悪びれもせず笑っている。隣の紫乃は顔を伏せて視線をさまよわせていた。おそらく彼女も照れくさいのだろう。

「おふたりは仲がよろしいの。だから口づけくらい当然よ」

一番大人の発言をして黙々と食事を続けるのは手鞠だ。

「そうなの？　左京さま、口づけってなんですか？」

これまた無邪気に聞いてくる蘭丸には敵わない。

「それは……。まだ知らずともよい」

言い淀《よど》むと、この話を始めた颯が肩を震わせてずっと笑っていた。

月の光に導かれて

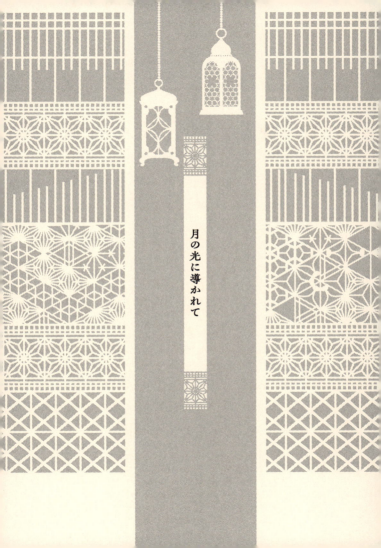

高尾の山に、冬の兆《きざし》が見えてきた。

手鞠や蘭丸が玩具《おもちゃ》にしていた赤や黄色の葉がすっかり落ちて、木々も冬ごもりを始める。

今日は左京に頼んで、市のある山へと赴いた。託児所で友が多数できた手鞠と蘭丸も一緒だ。ふたりは仲間たちと一緒に畑仕事を手伝うと言って、張りきっている。

「いつか、人間と交流できるようになったら……」

広大な畑を前に紫乃が漏らすと、左京がそっと腰を抱いてくる。

「なにかしたいことがあるのか？」

「ええ。ここは野菜がよくとれますが、作物を育てる知識があるのは、おそらく人間のほうです」

あやかしたちは、自分たちが食うに困らないように作物を育てていただけ。それでも環境がよいおかげで収穫できるので、作業のやり方を工夫している様子も見られない。

けれど収穫量が多いとは言い難い群馬の村の人たちは、雨上がりに土をいじると固くなるので触らないだとか、雨の日に野菜に触れると病気になりやすいので手を出さないだとか、こまごまとした知識が豊富なのだ。

「なるほど。人間とあやかしが手を組めるようにしたいということか」

左京は紫乃の心を読む。

「はい。そんなに簡単ではないでしょうけど……。私だって左京さまの羽を見て驚きましたし」

まずは互いを受け入れることから慎重に始めなければ、また法印や阿久津のように、自分とは異なる種族を排除して支配したいと思う輩《やから》が現れないとも限らない。

「しかし紫乃は、白い羽を褒めてくれた」

左京が紫乃の腰を引き寄せてささやくので、面映ゆい。

「……だって、本当に美しかったですから」

月の淡い光を浴びて輝く左京の羽や碧い目は、見惚《みと》れるほど美しい。

「ですが、人間は自分と異なる存在には、どうしても構えてしまうんですよ。もちろん、分け隔てなく接する人間もいますが」

正治や勇のように。

「わかっている。その筆頭が、天狗を夫にした紫乃だからな」

「それは、そう……なのですが」

至近距離で左京に見つめられると、どうしても鼓動が速まる。彼をより意識してしまうからだ。

「左京さま、口づけするんですか？」

すると背後から蘭丸のとんでもない言葉が聞こえてきたので、すさまじい勢いで離れた。

「こら、蘭丸。せっかくのいい雰囲気を壊すでない」

颯が慌てて蘭丸の口を押さえている。

「申し訳ありません。先ほど友に、口づけの意味を教わったようでして……」

颯の言葉に紫乃の頬はたちまち赤く染まった。

「そういうことは、こっそりするものなのだ」

颯が蘭丸に言い聞かせているが、紫乃はますます恥ずかしくて顔を上げられない。

「でも、左京さまは紫乃さまと皆の前で口づけをされた――」

「ああっ。ちょっとこっちに来なさい」

筑波山での、あの接吻の意味などうまく伝えられそうにない。

颯も言い淀み、無理やり蘭丸を連れてどこかに行ってしまった。

「無邪気とは、恐ろしくもある」

ぼそりとつぶやく左京に、紫乃は思わず笑ってしまった。

「紫乃さま！　こんなに大きいのが。見てください！」

そのとき、満面の笑みを浮かべる手鞠が収穫したばかりでまだ土のついた大きなかぶを持ってきた。

「ほんとだ、大きい。煮物にしたらおいしそうね」

「はい！　もっとたくさん収穫してきます！」

紫乃にそのかぶを預けた手鞠は、頬に泥がついているのも気にせず、あっという間に畑の仲間のもとに戻っていった。

「無邪気なのは、かわいくもありますね」

弾む心が見えるかのような手鞠の軽やかな足取りを見ながら紫乃が言うと、左京は目を細めている。

「手鞠は本来あんな顔をするのだな。紫乃が高尾に来なければ、私は一生知ることがなかったかもしれぬ」

すまし顔で常に冷静。時折子供らしい言動は見られるものの、大きく羽目を外すことはなく、自分を厳しく律している。

そんな印象しかなかった彼女が、泥まみれになりながら野菜の収穫を楽しんでいる様子に、紫乃は安堵した。

阿久津や法印との対戦は、命がけだった。あの恐怖を思い出すと、今でも震える。

しかし、彼女たちに本来あるべき穏やかな生活を取り戻せたと思えば、やはり立ち向かってよかったと思う。

「手鞠ちゃんも蘭丸くんも、左京さまの救いの手があったからこその笑顔なんですよ。左京さまのお顔が、最近優しくなられたのもあってか……子供たちも左京さまの近くにいることが増えましたよね」

特に、左京が筑波山から戻り意識を取り戻したあとは、ふたりは庭で遊んでいても、しばしば左京の居場所を確認している。もちろん左京にいなくなってほしくないという気持ちが強いのだろうけれど、本当は紫乃のように一緒に遊んでほしいのだ。

それを察した左京も、最近はよく庭に出てふたりとの会話を楽しんでいる。先日は、旭が帝都の街で手に入れてきた竹とんぼを一緒に飛ばして、左京自身も楽しげに頬を緩めていた。その様子が子を愛でる父のようで、紫乃はほっこりしながら眺めていたのだ。

「やはり私の顔は怖かったのか……」

「あっ、そういう意味ではございません。とても凛々しくて素敵でいらっしゃいます。近寄りがたかったというだけで、私が妻でよいのか戸惑うほど美麗で……あっ」

勘違いされて慌てた紫乃は、本音を早口でまくし立ててしまい、妙に恥ずかしくなる。するとと左京はかすかに口の端を上げ、紫乃に熱い視線を送った。

「お前でなければだめなのだ」

「えっ？」

「私の妻は、紫乃でなければ」

「……は、はい」

左京のまっすぐな言葉に照れてしまう紫乃は、素っけない返事をしてしまう。それをくすりと笑った左京は、そっと紫乃の手を握った。

太陽が南の高い位置に昇った頃、ひたすらかぶや葉野菜の収穫にいそしんでいた紫乃は、額ににじんだ汗を拭った。もう風が冷たい季節となったのに、体を動かしていると暑くなる。

「おにぎりですよ」

昼餉《ひるげ》におにぎりを作ってくれたあやかしが声をあげると、泥まみれの子供たちは飛んでいった。

「紫乃も休みなさい」

川から水を調達してきた左京に声をかけられてかがんでいた腰を起こすと、彼が紫乃の乱れた髪を耳にかけてくれた。

「お見苦しいところを……。すみません」

「見苦しくなどない。生き生きとしている紫乃は美しいからな」

あれほど誤解されるような物言いの多かった左京だが、紫乃への気持ちは隠さない。愛をささやいていると自覚があるのか無意識なのか知る由もないけれど、紫乃はそのたびに胸を高鳴らせている。

「あ、ありがとうございます。それでは手を洗ってまいりま――」

「紫乃さま！」

唐突に切迫した声で名を呼ばれ、そちらに顔を向ける。すると息を切らした旭が駆けてきた。

「高尾へお戻りください。治療院に――」

「けが？　病気？」

今朝は治療院を訪れた者がいなかったためこうして畑に赴いたのだが、旭に留守を頼んであったのだ。

「けがです。ただ……」

「ただ？」

旭が難しい顔で言い淀むので、先を促す。

「人間なのです」

「人間？　どうして山に？」

あやかしたちが住んでいるのは、人間が足を踏み入れられないような窮山幽谷《きゅうざんゆうこく》だ。紫乃は高尾山の中腹で左京に拾われたが、左京の屋敷はその場所よりずっと奥深くにある。紫乃も左京に連れていってもらわねば山から下りるのは困難なのに。迷いこんだのだろうか。

「禰々子が川岸に倒れていた人間を見つけて連れてまいりました。これまで、人間をあやかしが住まう場所に連れてくることはなく……」

旭が左京にちらりと視線を送る。

「私が紫乃を屋敷に担ぎ込んだのが初めてだ」

「私？」

驚き大きな声をあげると、左京はうなずいた。

そうだとしたら、彼はとんでもない禁忌を犯して助けてくれたのかもしれない。かりそめの妻にしてくれたのも、屋敷にとどまれるようにという配慮からだった。

「禰々子は、あやかしと人間の間の垣根がなくなることを望んでいるのだろうな。河童は人間が住まう村に比較的近い場所にいる。蘭丸を見つけたのもそのおかげだ」

「そうでしたね」

河童が蘭丸をかくまってくれなければ、命を落としていたかもしれない。

「助けなくちゃ」

「ですが、紫乃さま。紫乃さまの傷を癒やすお力は、人間にも通用するのでしょうか」

旭が難しい顔をしていたのはその懸念があったからのようだ。

「わかりません」

自分に傷や病を回復させる力が備わっていると気づいてから、人間に対してその力を発揮したことはない。けれど……。

「必ず治します。きっとできるはず」

根拠はなくとも自信がみなぎる紫乃は、きっぱりと言った。

人間とあやかしの共存を実現するために斎賀一族に与えられた力は、当然双方に効果があると思うのだ。

澪は左京の命を救ったけれど、彼がたまたま天狗だっただけ。左京が人間であったとしても、同じようにしたはずだから。

紫乃の言葉に同調するように、左京がそっと肩を抱いてくれる。

「紫乃ならきっとやる。すぐに戻ろう。颯」

左京が凛とした声で颯を呼ぶと、子供たちのところにいた彼は駆けてきて、表情を引き締めて跪く。

「すぐに屋敷に戻る。戻ったら屋敷の周辺に集まるあやかしたちを遠ざけろ」

「御意」

紫乃の魅了の力に惹かれて、今日も多くのあやかしたちが屋敷の周囲に集まってくるはずだ。しかし、ほかに人間がいると知れば騒ぎになりかねない。

「旭にはここを任せる。手鞠と蘭丸が心配しないように言いくるめておけ。存分に楽しめと」

「かしこまりました」

紫乃が突然高尾山に戻ったと知れば、子供たちは間違いなく不安になる。仲間と楽しそうにおにぎりを頬張っているふたりへの配慮を見せる左京は、紫乃が高尾に来たばかりの頃とは随分変わった。彼らとの距離がなくなったのだ。

「紫乃、行こう」

左京に手を差し出されて、紫乃はしっかりと握った。この手がある限り、なにもあきらめない。左京とともに、斎賀一族が目指したあやかしと人間の共存を実現させてみせる。

左京に抱かれて高尾山に戻ると、帰宅を察した禰々子が治療院から飛び出してきた。

「斎賀さま！」

彼女は駆け寄ってきて紫乃の手を握る。

「どうか……どうかお助けください。人間の子が……」

うっすら目に涙を浮かべる彼女は、仲間の子供たちが命の危機から脱したばかりだ。

たとえ人間であったとしても、幼い子が命を落とすのは耐えられないに違いない。やはり、本来とても優しいあやかしだ。

「人間を助けてくれてありがとう。あとは任せて」

紫乃は禰々子を安心させるために笑顔で伝えた。

左京とともに治療院に入ると、額から血を流す手鞠より少し大きな男の子が、布団の上で唸《うな》っている。

「頭をぶつけたのね」

「おそらく、岩から落ちて川岸の石にぶつけたんだと」

禰々子が近くに来て教えてくれる。

すぐさま着物を脱がせて全身を確認すると、ほかにもあちこち傷がある。しかし頭部が一番ひどいようだ。

「やってみます」

紫乃は男の子の頭に両手をかざして念じ始める。

――この子を助けたいの。傷を癒やして元通り元気にして。

目を閉じひたすら集中する。

いつものように体が熱を帯びるが、これまでより熱い気がする。まるでひどい風邪で寝込んだときのように顔が上気し、全身が気だるい。それでも念じ続けていると、その熱がふっと指先から抜けた。

「はっ」

かすかな衝撃を感じて目を開くと、倒れそうになった紫乃の体を左京が支えてくれる。

「治癒したのではないか？」

左京にそう言われて男の子に視線を注ぐと、額から流れていた血は止まり、傷がふさがっている。それだけでなく無数にあった擦り傷は跡形もなく消え、苦しげだった男児の呼吸は正常に戻っていた。

すーすーと繰り返される呼吸音が治療院に響き、紫乃の体から力が抜ける。

「大丈夫か？」

すかさず抱きかかえた左京が心配そうに紫乃の顔を覗き込むので、うなずいた。

「平気です。ほっとしたら気が抜けて……」

必ず治すと意気込んでいたものの、人間を治療するのは初めてだったため、やはり緊張したのだ。

「それにしても……能力が増しているのではないか？　あっという間だった」

左京が驚いているけれど、もしかしたらそうかもしれない。自分の体にみなぎる力が大きくなっているように感じる。

「そうだといいのですが」

紫乃は自分の両手を見つめた。

斎賀家の一員として背負った荷物はとてつもなく重い。しかし、せっかく備わっているこの力を大切に使い続けていきたい。

「斎賀さま……ありがとうございました」

安心した様子の禰々子の表情が柔らかい。

「こちらこそ。河童は優しいのね。蘭丸くんのことも助けてくれて、ありがとう」

紫乃がお礼を言うと、禰々子は首を横に振る。

「河童にもいろいろおります。自由気ままに振る舞い、仲間を傷つける者も残念ながら。ですが不思議なことに、幼い頃に仲間や川に遊びに来る人間と多くの時間をともにした経験があると、そうなる者は少ないような」

それを聞いた紫乃の口の端が上がる。託児所がまさにそういう場所だからだ。

「誰かとかかわると、すべて自分の思い通りにはいきません。ときには争って、つらい思いもするでしょう。でも、助け合うことの心地よさもまた知るのです」

あやかしは利己的だと左京は言ったが、そうした経験が足りないだけではないかと紫乃は思う。実際、畑ではけんかも減ったし、子供たちもけんかはすれど、日に日に仲良くなっていく。

　禰々子はすやすや眠る男の子に視線を向ける。

「この子は……」

「河童の子が川でけがをしたとき、助けてくれたのです。といっても、斎賀さまのように傷を治す力はありませんので、泣きじゃくる子のそばで励まし続けてくれました。本当は一緒に遊ばせてやりたかったのですが、陰陽師や法印に見つかったら……とできず。ですが、左京さまと斎賀さまのおかげで、これからは交流できそうです」

「そうね。仲良くできるといいわね」

　これぞ、斎賀一族が望んだ共存だ。その一歩を踏み出せたことが感慨深い。

「この子の家族が心配しているかもしれぬ。颯に運ばせよう」

　左京の提案に、紫乃と禰々子はうなずいた。

◇　◇　◇

　紫乃の能力は目を瞠るものがある。

　左京は紫乃が旭のけがを治療する姿を目の前で見たが、あのときとは比べ物にならないほど力が増していると感じた。

　紫乃が用意してくれた夕餉を、畑から戻ってきた子供たちと旭と一緒に食していると、人間の子を山の麓に送り届けた颯が戻ってきて顔を出した。

「ご苦労だった」

「もう夕餉なのですね？」

最近は日が落ちるのが早くなった。それなのに、夕明かりが残る時間から食べ始めたので、驚いているようだ。

「畑仕事をうんとがんばってくれたので、お腹が空いたみたいで」

紫乃が颯にそう伝えると、蘭丸が山盛りになったさつまいも入りの飯を颯に自慢げに見せた。

「いっぱい頑張ったら、いっぱい食べていいんだよ」

「そうだな。それでは私も――」

颯が膳を取りに行こうとすると、蘭丸が口を開く。

「颯さまは途中で帰ったからだめです」

手鞠も蘭丸も、なにがあったのか知らない。だから颯が畑仕事を放り出してどこかに行ってしまったと思っているようだ。

「いや、私も働いたぞ」

颯が慌てる横で旭が笑いを噛み殺している。

「旭、ふたりになんと言ったのだ」

颯が旭に詰め寄るも、肩を震わせて笑っているだけで口を割らない。

「左京さまと紫乃さまの逢引《あいびき》きに、こっそりついていかれたと」

「は？」

黙々と好物のいもを口に運ぶ手鞠が明かすと、颯は目を丸くした。左京の隣の紫乃はお茶を飲んでむせている。

ふたりが不安にならぬよう、うまく言いくるめておくように命じたものの、まさかそんなふうに伝えているとは左京も知らなかった。たしかにどんな理由よりも心なごみはするが、もう少しほかの理由がなかったのか。

「ねえ、逢引きってなに？」

あっけらかんと颯に尋ねる蘭丸は、かぶの煮物を口に放り込んだ。するとあからさまに慌てる紫乃は、落ち着きなく箸を置いたりまた持ったりしている。

「仲良くするということよ。左京さまと紫乃さまは、私たちの面倒を見てくださるから、普段そういう時間がないの。だから、たまにはよいと思うわ。それを邪魔するなんて、もってのほかです」

実に冷静な言葉を吐く手鞠が最後に颯を叱るので、さすがに左京も頬が緩む。

「いや、邪魔などしてないぞ。左京さま、誤解を解いていただけませんか？」

「いいから、早く膳を持ってこい」

「なんか割に合わないな……」

颯はぶつくさ言いながら台所に向かった。

「あのね。颯さんは私のお手伝いをしてくださったの」

紫乃が申し訳なさそうに子供たちに説明している。

「逢引きの？」

「あっ、そうじゃ、なくて……」

まだ逢引きの意味がよく呑み込めていない蘭丸の問いかけに頬を上気させた紫乃が慌てふためいているのが、なんとも愛くるしい。

「左京さま」

紫乃に助け舟を求められて、左京は口を開いた。

「紫乃と逢引きをしたかったが、紫乃にはほかのあやかしたちがついてくる。それを颯に止めてもらったのだ」

「えっ、ちょっ……。左京さま？」

紫乃の耳まで赤く染まった。

「ふぅーん。それじゃあ、颯さまもいっぱい食べていいよ。左京さまと紫乃さまは仲良しがいいもん」

蘭丸が膳を持って戻ってきた颯にそう言うと、颯は苦笑していた。

そこはかとなく冬の気配を感じる少し尖った風が、屋敷の周辺の木々を揺らす。周囲一帯を甘い香りで包んでいた金木犀の花も、そろそろ終わりを迎えそうだ。代わりにソヨゴの実が赤く熟れだしており、落ちた実は手鞠と蘭丸の遊び道具となる。

湯浴みをした左京は、窓の前の定位置で酒をたしなんでいた。

先ほどまで左京の銀髪を輝かせていた月は、雲に隠れていく。

左京は行灯《あんどん》に手を伸ばして、それに火をつけた。

行灯の中でかすかに揺れる焔《ほむら》は、温かみのある色をしている。こんなふうに感じたのは、紫乃がこの屋敷に来てからだ。

ふっと鼻から抜けるような笑みがこぼれてしまうのは、紫乃の一挙一動に心を揺さぶられる自分がおかしいからだ。

彼女が白い歯を見せて笑うと、左京の心も躍る。眉根が寄れば、左京の胸はちくちく痛む。

澪に生かされたから生きなければならないと思っていた頃。手鞠や蘭丸が顔をほころばせていても、左京の心はたいして動かなかった。ところが最近は、ふたりが声をあげて笑うと、左京の口の端も自然と上がる。

まるで凍っていた心が溶けたかのよう。長らく颯から言葉が足りないだとか物言いが冷たいだとか苦言を呈されていたが、最近はそれも少なくなった。口から自然と感情が出てくるようになったのだ。

「紫乃のおかげだろうな」

猪口の酒を一気にあおってからつぶやく。

突然背負った運命に困惑しながら、必死に前を向く。命がけになるとわかっていても、ただひたすらにあやかしや人間のために動く様子を見ていると、斎賀の血を引いたからそうなったというよりは、彼女が斎賀の血に選ばれたとでもいうのか……。

実の両親の顔すら覚えていない紫乃が、立派すぎるほど自分の役割を果たしている姿が尊い。左京はそんな彼女の夫でいられることがうれしかった。

廊下から足音が響いてくる。湯浴みをしてきた紫乃だ。

「左京さま。入ってもよろしいですか？」

「もちろんだ」

夫婦の寝室となったこの部屋に入室するのに許可など必要ないのに、紫乃は毎晩こうやって問いかけてくる。

静かに開いた障子の向こうには、結っていた髪をほどき、浴衣を纏った紫乃が微笑んでいた。

「飲んでいらっしゃるのですね」

左京の隣に歩み寄り座ろうとするので、すかさず腕を引く。

「紫乃はここだといつも話しているだろう？」

あぐらをかいた膝の上に座らせると、彼女は少し照れくさそうにはにかんだ。しかし拒まれるようなことはなく、素直に体を預けてくれる。

左京は猪口を置き、紫乃の腰を抱いた。

「もうたくさんお飲みになったのですか？」

「いや、それほどでもない。酒臭いか？」

酒の苦手な紫乃には不快なのではないかと心配して尋ねると、首を横に振っている。

「左京さまから漂うほんのり甘いお酒の香りは、嫌いではございません」

「そうか」

左京は安心して、風呂上がりの紫乃の頬に自分の頬をぴたりとつける。

「それに……お酒の入った左京さまは、とても素直でいらして、好きなんです」

朝になると記憶が飛んでいるが、どうやら散々愛をささやいていたらしい。それを知ったときはなんとも言えないくすぐったさに襲われたし、自分の気持ちがよくわからなくなったけれど、紫乃を拾ったあの日からすでに心奪われていたのだと思う。

「酔ったことにして、こういうこともできるからな」

左京は紫乃の顎をすくい、唇を重ねた。

少し離れると、彼女のほうから胸に飛び込んでくる。恥ずかしくて顔を見られたくないのだろう。

「酔っていらっしゃらないのですか？」

「どうかな？」

飲んではいるが、まだ猪口に三杯だけ。酔ってはおらず、ほとんど素だ。

以前は紫乃に愛をささやくのが照れくさくてたまらなかったのに、今はもっと気持ちを伝えたい。

法印の羽根が刺さり死を覚悟したとき、自分の命が尽きることより、紫乃の隣にいられなくなることがつらかったからだ。

もう決して離れたくない。生きて、明日も明後日《あさって》も、紫乃と笑っていたい。

澪に助けられたときとは違う。左京の心は生への渇望で満ちていた。

左京は紫乃の長い髪を撫でながら、穏やかに流れるふたりの時間を心から楽しむ。

「今日、颯を筑波山に行かせた」

左京が語りだすと、紫乃は体を離して真剣な表情をしている。

「それで？」

「法印がいなくなり、あやかしたちは死の恐怖からは逃れられた。しかし、どうして法印を止められなかったんだという怒りの感情が渦巻いていて、筑波に残っている天狗の一族は、外にも出られないそうだ」

「そんな……」

あやかしの中でも天狗は強い。そんな彼らをもってしても、法印の暴走は止められなかったに違いない。法印と対等に対峙できるのは、左京くらいだから。

しかし、長らく法印に抑圧された生活を送らざるを得なかったあやかしたちが、怒りの矛先を向けるとしたら天狗になる気持ちもわからないではない。

「路子さんは？」

「路子は法印の妻だったこともあり、一部のあやかしからは激しく非難されたようだ。しかし禰々子の説明もあって、路子も被害者なのだと広まってきている。今は彼女に理解ある者たちにかくまわれているそうだ」

路子とその子は、あの争いでひどい火傷《やけど》を負った。しかし紫乃の治療のおかげですぐによくなり、元気に暮らしているという。

それにしても、禰々子が精力的に動いてくれたので助かった。河童の頭領として皆をまとめてきただけのことはある。

「よかった……」

「事態が落ち着いたら、路子と子のこれからについて相談するつもりだ」

「はい。お願いします」

まったく関係ない路子のために頭を下げる紫乃は優しい心根の持ち主だ。

「しかし、筑波山は荒れ放題だ。皆、心が荒んでいる。略奪やけんかがあちこちで起こっているようだ。このままではせっかく生き残ったあやかしたちも命を落とす羽目になる」

「そうですよね。立て直すのがどれだけ大変か……」

紫乃は自分のことのように顔をしかめた。

「誰かが導かねばならん。私をという声もあがったようだが、筑波山に関してはもっと適任な者がいる」

左京がほのめかすと、紫乃は頬を緩めた。

「颯さんですね」

「そうだ。颯は筑波山を知り尽くしている。法印の侍従だったとはいえ、颯が山を去ってから、法印の気ままな行動のせいで生活も荒れに荒れた。颯が法印を諫《いさ》めていたことに気づいていて慕う者は多い。しばらく颯を筑波山に行かせようと思う」

立て直すのは一筋縄ではいかない。しかし頭脳明晰で行動力もある颯であればやってくれると信じている。

「寂しくなりますね」

「そうだな。だが、子供たちも会いたいだろう。いつでも会えるようにする」

「はい」

颯は家族だ。これまでも、これからも。

「肩身の狭い思いをしている天狗たちについては、時間をかけて誤解を解いていく必要がある。幸い、私は嫌われてはいないようだし」

「それは当然です。左京さまがあやかしの世をお救いになったのですよ」

少しむきになってそう言ってくれる紫乃が愛おしい。

「救ったのは紫乃だ。私は法印の愚行を知っていながら見て見ぬふりをしていた。だが、このままではだめだと思ったのは、紫乃のおかげだ。紫乃が私もあやかしたちも、そして人間も守ったのだよ」

彼女の両頰を手で包み込むと、かすかに顔をゆがめる。

「どうした？」

「私、私……」

紫乃の瞳に映る自分が揺れている。それに気づいた直後、彼女の大きな目からひと筋の涙がこぼれた。

「……怖かった。左京さまがいなくなったらって……怖くて体が震えて……」

あれほど堂々と法印の前に出ていったのに、目の前で声を震わせ涙する紫乃は、体も小さくか弱いただのひとりの人間。こんな彼女のどこにあれほどの度胸があるのかと驚くばかりだ。

しかし左京はもう知っていた。我慢強いくせして実はもろくて、こっそり涙することもあると。そんな一面を知っているのは夫である自分だけだ。

「紫乃」

左京はたまらず紫乃を抱きしめる。

「私はどこにも行かぬ。みっともなかろうが生に執着するつもりだ。紫乃と生きていきたいからな」

「左京さま……。私も生きます。だからずっと一緒に──」

紫乃の言葉を遮った左京は、彼女を力強く抱きしめ、もう一度唇を重ねた。

心が満たされることが、これほど心地のよいものだとは。中毒になってしまいそうだ。

左京は知ったばかりの幸福を噛みしめていた。

◇　◇　◇

高尾山に風花が舞ったその日。紫乃は、姉の時子の墓参りの帰りに、帝都に赴いた。

もちろん、左京も一緒だ。

「気分が悪くなるならやめておきなさい」

「大丈夫ですよ。左京さまがいてくださいますから」

毒を盛られた竹野内の屋敷のある地域に足を踏み入れると、左京が散々心配している。彼はとても過保護なのだ。

竹野内の屋敷のはずの区画が更地になっており、足が止まった。

「あれっ、ここでしたよね？」

「竹野内たちが政府に捕まったあと屋敷は売りに出されたようだが、時子たちが亡くなった場所だと知っていて買う者はいなかった。それで更地にされたようだ。今後どうなるかまでは知らぬが」

「そうでしたか」

紫乃は更地に向かって深く一礼した。時子たちへの弔いだ。

ここで死んでいたのは、自分だったかもしれない。そう考えると恐ろしくて体が震えそうになる。けれど、助かった命を大切にして、強く生きていく。

帝都の大通りでは、棒手振《ぼてふ》りが威勢のよい声をあげながら魚を売っている。その向こうには籠屋があり、店主が見事な手さばきで籠を編んでいた。

「帝都は活気があるのだな」

左京がそう漏らすのでうなずいた。帝都と比べたら高尾山はすこぶる静かだ。

「でも、あやかしの市も最近こんな感じではありませんか？」

「そういえばそうだ」

紫乃が初めて市に赴いたとき、様々な店はあったが、商売で稼ごうという意欲は皆無だった。ただ欲しいものがあれば売りますというだけで。

それが畑を作り、皆の気持ちがひとつにまとまってからは、活気が出てきた。客引きをしている姿もあるし、競うようによいものを作ろうと努力するようになった。

無気力だった彼らが、生活を楽しむようになったというか……。

「全部紫乃のおかげだ」

「いえ。私はたまたま魅了の力があったからで……」

そう言うと、左京は優しい笑みを浮かべて口を開く。

「魅了の力があるのは事実だが、それより、泥まみれになって畑を耕す紫乃にあやかしたちが惹かれていると話したではないか」

「あはっ。おしとやかな姿もたまには見せないと……」

「それは無理だろう」

左京が即答するので噴き出しそうになる。

「無理ですね、やっぱり」

「よいではないか。皆、そのままの紫乃を慕っているのだから。もちろん私も」

左京に腰を抱かれて甘い声でささやかれると、むずがゆくてたまらない。けれど、愛を感じてとても幸せだ。

「天狗を恐れて戦々恐々としているかと思いきや、そうでもないですね」

竹野内が退治できなかったため、いまだ人間はびくびくしながら生きているのではないかと思ったけれど、そんな様子は微塵もない。

「天狗が襲いに来るというのは虚構だとわかったのではないか？　なにせ、五百年という期限が過ぎてもなにもないのだし」

異変があったのは、竹野内の屋敷だけ。街はなんら変わりない。

「このまま穏やかに暮らしていけるといいですね」

人々を見ながら紫乃が漏らすと、左京はうなずく。

「力を持つ者は、その力の使い方を誤ってはならない。そうした者が法印のように己の利益だけを考えて勝手気ままに振る舞いだしたら、またよくない歴史が繰り返される」

左京の発言は恐ろしくもある。けれど……。

「私と左京さまで守れるでしょうか？」

「もちろんだ」

左京を見上げて問うと、彼はとびきり優しい表情で微笑んだ。

「それで、今日はどこに行きたいのだ？」

「旭さんから、その先に玩具屋があると聞いたんです。手鞠ちゃんや蘭丸くんにはたくさん心配をかけましたし、お土産をと。あと、託児所にも持っていきたいのです」

「それはいい。子供たちの喜ぶ姿が目に浮かぶ」

目を細める左京の柔らかな表情をこの先ずっと守りたい。

紫乃がそんなことを考えていると、ふいに手を握られて少し照れくさかった。


たくさんの玩具と金平糖を土産に高尾山に戻ると、庭にいた手鞠と蘭丸が駆けてきて紫乃に抱きついてくる。

「紫乃さまあ、おかえりなさい」

「おかえりなさいませ」

ふたりの物言いは相変わらず異なるけれど、どちらの笑顔も弾けていた。

「お土産があるのよ。金平糖って食べたことあるかしら？」

紫乃が金平糖の入った袋を見せると、手鞠が早速手に取り空に掲げる。

「お星さまみたいです」

「そうね」

「お星さま、取ってきたの？」

蘭丸が真顔で驚いているのがおかしくて、笑みがこぼれた。

左京はそんなふたりに温かな眼差しを注ぎながら口を開く。

「お前たちも、月や星のように輝きなさい」

「どうやってですか？」

蘭丸はきょとんとして尋ね、手鞠は首を傾げる。

「紫乃は私にとって月なのだ。紫乃のように、周囲の者への優しさを忘れず、自分が正しいと思った道をまっすぐに進みなさい。そうすれば、どれだけいばらの道であろうとも、必ず開ける。皆を照らす月や星となれる」

左京がふたりにそんなふうに言い聞かせるので、少しくすぐったい。

「紫乃さまは月なのですか？」

手鞠が左京に問うと、左京はうなずく。

「そうだ。いつだって、私たちを照らしてくれるだろう？　この先、思い悩むこともあるだろう。万が一絶望に堕《お》ちてしまったら、紫乃を思い出しなさい。どんなときも、紫乃が見守っていると忘れてはならぬぞ」

左京は以前、月は『暗闇をさまよう者のたったひとつの希望』と語ったけれど、その希望になれているだろうか。

「それは責任重大です。左京さまも一緒にですよ？」

紫乃がおどけながら言うと、左京はかすかに頬を緩めた。

子供たちふたりは、いつかこの山を下りていくかもしれない。紫乃が悩んだり苦しんだりしたように、ふたりも行き詰まることもあるだろう。けれど、左京に支えられて前に進めたように、紫乃もふたりの道しるべになれたら光栄だ。

「そうだな。私も紫乃も、そして颯も、お前たちを見守っている。約束だ」

左京が宣言すると、白い歯をこぼすふたりは、彼の脚に突進していき抱きついた。

「左京さま、大好きです」

「それはうれしい」

左京は手鞠の頭を優しく撫でる。その表情は本当の父親のようだった。

「僕も！　一緒に金平糖食べようね」

「そうだな」

金平糖が気になって仕方がない蘭丸は、今は左京への愛より食い気のようだ。左京は苦笑している。けれどももちろん、蘭丸も左京が大好きだ。

「紫乃さまも！」

蘭丸に手招きされて隣に行くと、左京が三人まとめて強く抱き寄せてくれた。

――斎賀のご先祖さま。私は正しい道を歩けていますか？

紫乃は心の中で斎賀の両親や澪たち先祖に語りかける。

ふと左京の顔を見ると、彼はまるで紫乃の心を読んだかのように、視線を合わせてうなずいてくれた。

斎賀の血を引くことを、もう二度と重いと嘆いたりはしない。

底知れぬ夜の闇が紫乃を包んでも、きっと、左京の愛が進むべき道を照らしてくれるから——。

―本書のプロフィール―

本書は書き下ろしです。

小学館文庫

白天狗《しろてんぐ》の贄嫁《にえよめ》
重《かさ》なる心《こころ》は明日《あした》を救《すく》う

著者　朝比奈希夜《あさひなきよ》

二〇二五年四月九日　初版第一刷発行

発行人　庄野　樹

発行所　株式会社　小学館
〒一〇一-八〇〇一
東京都千代田区一ツ橋二-三-一
電話　編集〇三-三二三〇-五六一六
　　　販売〇三-五二八一-三五五五
印刷所——中央精版印刷株式会社

ISBN978-4-09-407454-3